KB028464

양보해다오

사람이 울 차례다

_〈매미에게〉 중에서

그 쉿물 쓰지 마라

1판 1쇄 발행　2016년 8월 22일
1판 17쇄 발행　2020년 12월 8일

지은이　제페토
발행처　(주)수오서재
발행인　황은희 장건태
편집　최민화 마선영 박세연
마케팅　이종문 황혜란
제작　제이오
주소　경기도 파주시 돌곶이길 170-2 (10883)
등록　2018년 10월 4일 (제406-2018-000114호)
전화　031)955-9790
팩스　031)946-9796
전자우편　info@suobooks.com
홈페이지　www.suobooks.com
ISBN　979-11-87498-02-5 (03810) 책값은 뒤표지에 있습니다.

ⓒ제페토, 2016
이 책은 저작권법에 따라 보호받는 저작물이므로 무단전재와 복제를 금합니다.
이 책에 실린 기사와 사진은 각 언론사와 사진작가에게 저작권이 있으며,
수오서재는 한국언론진흥재단, 언론사, 사진 작가를 통해 뉴스기사 및 사진 저작권 허락을 구하였습니다.
이 책 내용의 전부 또는 일부를 사용하려면 반드시 저작권자와 도서출판 수오서재에게
서면 동의를 받아야 합니다.

이 도서의 국립중앙도서관 출판시도서목록(CIP)은 서지정보유통지원시스템 홈페이지
(http://seoji.nl.go.kr)와 국가자료공동목록시스템(http://www.nl.go.kr/kolisnet)에서
이용하실 수 있습니다. (CIP제어번호: CIP2016017174)

도서출판 수오서재守吾書齋는 내 마음의 중심을 지키는 책을 펴냅니다.

그 쇳물 쓰지 마라

댓글시인
제페토

서문

풍선을 위로하는 바늘의 손길처럼
모서리를 둥글게 깎는 목수의 마음처럼

주저하던 끝에 지난 7년간 인터넷 뉴스에 달았던 댓글을 책으로 출간하게 되었다. 2010년 충남의 한 철강업체에서 발생한 29세 청년의 추락사 보도에 시 형식의 댓글을 단 것을 시작으로 지금껏 형편이 허락하는 대로 댓글 쓰기를 이어오고 있다.

출간 결정에 따라 지난 글들을 정리하는 과정에서, 나는 그동안 우리 사는 세상에 얼마나 많은 일들이 있었는가를 새삼 실감할 수 있었다. 건물 외벽을 청소하던 중년 가장이 추락사하였는가 하면, 무명 시나리오 작가의 안타까운 죽음이 있었으며, 이제는 진부하기까지 한 유전무죄 무전유죄 판결과, 아이에게 먹일 체리를 훔쳤다가 체포된 가난한 엄마와, 구제역 파동 속에 무참히 생매장당한 가축들의 비명과, 임금을 체불당한 일용직 노동자의 무력한 고공 시위와, 그처럼 홀대받는 노동자를 위해 평생을 바치고 하늘로 돌아간 열사의 모친과, 배웅 없이 떠난 고독사와, 배가 가라앉은 지 2년이 지나도록 진실을 알 수 없는 300여 명의 죽음과…. 아, 그해 봄에 우리는 너무 많은 사랑을 잃었다.

어디 그뿐인가. 비정규직 노동자들의 신산한 삶과, 모래늪 같은 저임금의 수령과, 저녁을 용납지 않는 노동시간과, 그 틈바구니에 버려지고 잊힌 아이들의 탈선과, 뾰족한 수를 찾지 못해 끝내 대물림되고 만 가난과, 그 와중에도 부를 독점한 이들의 끝 모를 횡포와, 아마도 우리를 미치게 할 요량으로 화려한 대저택을 앞다투어 자랑하는 스타들과, 심각하게 다루어져야 할 이슈가 얄팍한 이슈에 잡아먹히는 아이러니 속에서 매일 아침 인터넷 브라우저를 실행하는 일은 마치 판도라 상자를 여는 일 같았고, 눈앞에 펼쳐진 세계는 흡사 아수라장의 중심부처럼 느껴졌다.

그럼에도 불구하고 어김없이 전해오는 봄꽃 소식과, 가뭄을 끝내는 비 소식과, 축복처럼 내리는 첫눈 소식과, 황금빛 물든 억새밭 풍경과, 불편한 몸으로 힘들여 일군 소금을 이웃에게 베푼 염전의 성자와, 생명을 살리기 위해 기꺼이 사지로 들어간 소방관들에 관한 보도를 보면서, 앞서

느낀 혐오와 절망은 적잖이 민망한 것이 되었고, 다시 살아갈 명분과 희망을 확인할 수 있었다.

지금은 비록 아프고 쓸쓸한 댓글이 8할쯤 되지만, 오래지 않아 사람이 사람답게 사는 세상이 오면 사회면 뉴스를 떠나 조금은 나른하고 사소한 것들에 관하여 쓸 수 있을 게다. 유년 시절의 초가집 창호로 여과돼 들어왔던 무겁고 따스한 빛에 관하여 묘사를 시도한다거나, 자칫 거룩해지는 실수를 범하지 않도록 스스로를 속되고 능숙한 것들과 합숙시킨다거나, 무엇보다 나의 글쓰기가 과연 무엇이었는지 알아냈으면 하는 바람이다.

책은 총 3부로 구성되었으며 댓글을 엮은 1, 2부와 달리 제3부는 블로그에 올린 글 중에서 추렸다. 고쳐 쓰는 데에 적잖은 시간을 할애했음에도 여전히 서툴고 투박한 까닭은 순전히 필자의 부족함 때문이니 독자 여러분의 너그러운 이해를 바란다. 더불어 종이의 입장에서 봉변이 아니기를 바라면서.

책이 만들어지기까지 수고를 아끼지 않은 수오서재 황은희 편집자와 달하노피곰도다샤 디자이너, 그리고 이름을 모르는 관계자 여러분께 깊이 감사드린다.

풍선을 위로하는 바늘의 손길처럼
모서리를 둥글게 깎는 목수의 마음처럼
2016년 여름 제페토

차 례

움켜쥐기엔, 삶은 너무 뜨겁다 2012-2015

손끝 가는 대로, 함부로

그 숫물 쓰지 마라

2010-2011

"시각장애 딛고 마음의 눈으로 詩를 씁니다"

서울 성북구 동선동 4가 성북시각장애인복지관에서는 여성 시각장애인들을 대상으로 한 문예창작 프로그램 '마음에 문(文)을 열다'가 진행되고 있다. 시각장애 1급 김혜란(62) 씨는 점자책을 더듬으며 자신의 시를 낭독했다.

'가을 풍경 속으로 여행을 떠나자 / 세월에 찢겨 흩어진 나의 조각을 찾아봐야지 / 내 목소리와 손끝이 닿지 않는 나의 별에게는 / 뼈 조각 하나 떼어내서 / 피 한 방울 찍어 엽서에 곱게 적어 보내고….'

열일곱 나이에 녹내장으로 시력을 잃고 안마시술소에서 일하다 결혼을 하고 딸아이를 낳았지만 딸은 세 살 되던 해 뇌성마비 판정을 받고, 남편은 그녀 곁을 떠났다. 결국 김씨는 딸을 장애 어린이 보호시설에 맡기고 죽을힘을 다해 살았지만, 유일한 피붙이였던 딸은 5년 전 세상을 떠났다. 그때부터 김씨는 점자로 매일 글을 썼다. 이 시는 딸아이와 가을여행을 함께 가보고 싶었던 자신의 소망을 담은 시다.

동아일보 2011. 10. 05.

만져지는 시란
어떤 느낌입니까
그 두텁고 무덤덤한 종이 위에
오돌토돌한 요철을 나열한 다음
느린 손끝으로 읽어내는 일 말입니다

가을여행을 떠나고 싶었다, 라고 읽는 일
골목길에서 수없이 울었다, 라고 읽는 일
딸이 세상을 떠났다, 라고 읽는
그런 일 말입니다

손끝에 만져지는 슬픔이란
어떤 느낌입니까
혹시 잠 못 드는 밤
명치끝에 만져지는 그것은
따님의 이름입니까

〈명치〉

보이저 1호의 끝없는 항해, 태양권 바깥 '미지의 세계로'

미지의 외계를 향해 지구로부터 가장 먼 곳을 향해하고 있는 인류의 척후병, 보이저 1호가 이미 성간 공간(항성의 영향을 받지 않는 우주 공간)으로 들어선 것으로 보인다고 네이처 온라인판이 15일 보도했다. 1977년 9월 5일 타이탄3 로켓에 실려 미국 케이프커내버럴 우주기지를 출발한 보이저 1호는, 30여 년 동안 시속 6만 1,155km의 속도로 175억km를 날아 현재 태양권이 끝나는 경계면인 태양권계면을 통과하고 있다.

지난 30여 년간 보이저 1호가 보내온 각종 영상과 데이터는 태양계에 대한 인간의 인식을 넓혀주었다. 1980년엔 최초로 완벽한 태양계의 모습을 촬영했다. 목성에도 토성과 비슷한 고리가 있다는 사실, 토성의 고리가 1,000개 이상의 가는 선으로 이뤄졌다는 사실, 목성의 위성 유로파가 얼어붙은 바다로 덮여 있다는 사실 등이 모두 보이저 1호가 밝혀낸 것들이다.

한국일보 2011. 06. 16.

그대 멀어질수록
우주는 커졌고
인류는 한없이 작아졌다
돌아올 수 없는 매정한 임무를
군말 없이 해냈다지만
머지않아 전원은 꺼지겠지

그래도 마지막 순간에는
울음 섞인 소감이라도
한마디쯤 남겨다오
떠나고 보니
너희 나고 사는 모든 것이
기적이었더라고

〈보이저 1호〉

90대 할머니, 키스 왜 안 해줘 '총기 난사'

입맞춤을 해주지 않는다는 이유로 이웃집에 총기를 난사한 90대 할머니가 붙잡혔다. 25일 영국 미러지 인터넷판에 따르면 미국 플로리다 주에 거주하는 헬렌 슈타우딩거(92 · 여)는 지난 21일 이웃에 사는 드와이트 베트너(53)의 집으로 찾아가 입맞춤해줄 것을 요구했지만 이를 거부하자 화가 난다는 이유로 총기를 난사한 혐의를 받고 있다. 베트너는 깨진 창문 파편에 맞아 경미한 상처를 입었다.

베트너는 "이웃으로서 할머니에게 호의를 베풀었는데 이를 다른 의미로 받아들였다"고 말했다. 슈타우딩거는 경찰 조사에서 "베트너를 사랑하기 때문에 그의 차량에 총을 쏘려고 했다"고 진술했다.

2011. 03. 26.

노년을 아프게 하는 것은
새벽 뜬눈으로 지새우게 하는
관절염이 아니라
어쩌면
미처 늙지 못한 마음이리라

〈키스〉

당진서 20대 철강업체 직원 용광로에 빠져 숨져

7일 새벽 2시께 충남 당진군 석문면 한 철강업체에서 이 회사 노동자 김모(29) 씨가 작업 도중 5m 높이의 용광로 속에 빠져 숨졌다. 당진경찰서에 따르면 숨진 김씨는 용광로에 고철을 넣어 쇳물에 녹이는 작업을 하던 중 발을 헛디뎌 추락했다.

용광로에는 섭씨 1,600도가 넘는 쇳물이 담겨 있어 김씨의 시신을 찾지 못한 것으로 알려졌다.

2010. 09. 07.

광염狂焰에 청년이 사그라졌다.
그 쇳물은 쓰지 마라.

자동차를 만들지 말 것이며
가로등도 만들지 말 것이며
철근도 만들지 말 것이며
바늘도 만들지 마라.

한이고 눈물인데 어떻게 쓰나.

그 쇳물 쓰지 말고
맘씨 좋은 조각가 불러
살았을 적 얼굴 흙으로 빚고
쇳물 부어 빗물에 식거든
정성으로 다듬어
정문 앞에 세워주게.

가끔 엄마 찾아와
내 새끼 얼굴 한번 만져보자, 하게.

〈그 쇳물 쓰지 마라〉

한파 속 폐지 수집 노인

서울의 기온이 영하 10도를 보인 26일 아침 한파주의보 속에 한 노인이 수집한 폐지를 끌고 수집소로 가고 있다.

뉴시스 2011. 12. 26.

© 뉴시스

어찌 됐건
생을 마친 종이를 부활의 초입까지 나르는 일은
늙은이들의 몫이 되었다

언덕을 오르던 정오
말보로 상자는 납작해진 주둥이로
브라질 숲에서 왔노라 자랑을 했었다
그러거나 말거나 진작에 고향을 잊은 노인은
의심스러운 저울에 무거운 시선을 보태느라
눈이 시렸다
영락없는 푼돈이지만
당분간 목숨은 그럭저럭 붙은 셈이다

장차 자신의 장례비를 외투에 넣고 돌아선 그는
곤궁한 처지를 푸념하는 대신
그깟 외로움 하나 견디지 못한
아들놈의 죽음을 나무랐다
그러고는 생각했다
어째서 사람은 부활하지 않는가, 하고

〈부활〉

실종 고아로 자랐는데 딸마저… 모녀의 ‘실종 대물림’

어릴 때 실종돼 가족과 떨어져 혼자 자라온 오재환(52) 씨는 지난 1986년 조병세(61) 씨와 결혼해 슬하에 1남 1녀를 두고 오순도순 살고 있었다. 불행은 딸 하늘(당시 5세)이가 실종되면서 다시 시작됐다.

지난 1995년 6월 16일 저녁 8시께 당시 재개발지역인 구로 4동 집에서 저녁식사를 준비하던 오씨가 건넨 마른새우 한 줌을 쥐고 집을 나가는 모습을 본 게 하늘이와의 마지막이었다.

하늘이를 찾기 위해 조씨는 회사도 그만두었고 오씨는 죄책감에 대인기피증까지 생겼다. 아들은 부모의 관심을 받지 못한 채 방치되었다. 이렇게 살아서는 안 되겠다는 생각을 한 조씨는 목공일을 배우기 시작했고, 가구업체에서 일하며 하루 업무를 마치고는 무조건 하늘이를 찾아 나섰다.

전국미아 · 실종가족찾기시민의모임에서 활동 중인 조씨는 지난달 28일 경찰청이 주최한 포럼에 참석해 “각 경찰서에 실종전담반 2~3명을 배정해도 장기실종자는 줄어들 것”이라며 “장기실종과 여성 · 청소년 사건을 모두 한 부서에서 담당하면 실종은 우선순위에서 밀린다”며 안타까워했다.

헤럴드경제 2011. 05. 04.

가구 만드는 동안 네 이름을 부른다
목재 하나 하나에
공정 한 번 한 번에
주술처럼 숨결도 불어넣는다
트럭에 실어 보낼 때마다
언젠가 네 손에 닿을 날 있겠지
장롱 문 열어젖힐 때에
잊었던 아빠 냄새 나겠지

퇴근 시간, 불 꺼진 작업장을 나오다
발에 차인 키 큰 각목 하나에
왈칵 눈물을 쏟는다
너도 이만큼 자랐을까

이름 조하늘
실종 당시 다섯 살
발생 구십오 년 유월 십육 일
입술 아래에 점이 있고
배꼽 나온 여자아이
밤새 뒤척이는
아비 어미의 전부

〈하늘이를 찾습니다〉

"보고 싶소, 북녘의 당신"

추석을 일주일 앞둔 9월 15일, 이산가족 상봉 행사가 있을 거란 소식을 듣고 서울 남산 대한적십자사 이산가족민원실을 찾은 박성곤(87) 할아버지는 60여 년 전 고향에서 직장이 있던 서울을 기차로 오가던 추억을 떠올리며 감회에 젖어들었다. "자유롭게 다닐 수 있을 때가 좋았는데…." 함경남도 영흥군 억기면 신흥리(현 함남 금야군 홍평리)가 고향인 박 할아버지는 1948년 11월 홀로 남쪽으로 내려왔다. 고향에 두 살 연상의 아내와 여덟 살과 다섯 살 된 아들을 남겨둔 채였다. 이듬해 아내가 아들을 하나 더 낳았다는 말을 들었다. 그러고는 끝이었다. 전쟁이 났고 다시는 소식을 들을 수 없었다. 혈혈단신 남으로 온 박 할아버지는 설이나 추석 등 명절이면 북에 두고 온 가족 생각에 마음이 쓸쓸해진다. 남쪽에서 다시 결혼해 오남매를 뒀지만 그 마음은 어쩔 수 없다. "선물 보따리 챙겨들고 고향에 찾아갈 수 있다면 얼마나 좋을까."

"아이들 얼굴이나 한 번 보고 눈 감으면 마음이 편하겠다 싶은 거지, 별 이유 있나. 누이동생도 보고 싶고…. 당장 만날 수 없다면 소식이라도 전할 수 있으면 좋겠는데…." 박 할아버지의 친구들은 이미 대부분 세상을 등졌고 시간은 지금도 흐르고 있다.

한겨레21 2010. 10. 01.

소감이요?
심정이요?
그걸 말로 할 수 있갔소?

이보시오,
처자식 남겨두고 내려온 세월이 육십이 년이요 육십이 년.
새파랄 때 내려와
팔십일곱 되었소

소감이요?
심정이요?
말로 못 하지
표현 못 하지
이별한 그 세월은
가슴에
여기 가슴에

울어도 못 풀지
죽어도 못 풀지
당신 같으면
말로 할 수 있갔소?

〈소회〉

보령 조선소 직원 철판에 깔려 숨져

6일 오전 11시 12분께 충남 보령시 오천면의 한 조선소에서 노동자 구모(63) 씨가 작업 중 떨어진 철판에 깔려 숨졌다. 경찰은 선체 외판 작업 중이던 구씨가 5m 위쪽에 세워진 철판 무게를 이기지 못하고 지지대가 부서지면서 떨어진 철판에 깔린 것으로 보고 목격자 등을 상대로 정확한 사고 경위를 조사하고 있다.

2010. 10. 06.

높은 양반 말씀하시기를
나더러 산업역군이란다
나의 일터는 경제의 최전선이고
전선에서는 다들 죽는 거란다
일 년에 이천 명씩
다치기도 부지기수

그런 거란다
원래 그런 거라는데
억울하다
석연치 않다

나는 역군 아닌데
종현이 아버지인데
지수 씨 남편인데
썩 괜찮은 아들인데

나는 사람인데

〈나는〉

앞 못 보는 개의 눈이 되어준 안내견 감동

앞을 보지 못하는 개를 5년간 돌본 '맹견 안내견'의 사연이 감동을 주고 있다. 지난 22일 영국 타블로이드 '더 선'은 맹견 안내견인 매디슨과 앞을 보지 못하는 개 릴리의 사연을 소개했다. 6세 난 개 릴리는 과도하게 자란 속눈썹이 눈을 찔러 결국 생후 18개월 때 안구가 손상돼 실명했다. 이후 함께 지내던 7세 난 개 매디슨이 릴리의 눈이 되어주었다. 매디슨은 릴리의 곁에서 걷는 방향은 물론 배변 위치까지 안내해주며, 밤에는 항상 껴안고 잔다고 전해 감동을 주고 있다.

2011. 10. 24.

보이지 않아도 내 다 안다
툭, 하고 목줄 당기면
삼나무 숲에 가자 하는 것임을

보이지 않아도 내 다 안다
행여 목이 조이지 않을까
때때로 돌아보는 선한 눈을

저무는 하늘을 볼 수 없는 나는
시간 가는 줄을 모른다

그래도 내 다 안다
툭, 하고 목줄 당기는 그때가
우리 아쉽게 돌아가야 할 때임을

〈동행〉

용인서 건물 외벽 유리창 청소하던 40대 인부 추락사

18일 오후 4시 30분께 경기도 용인시 기흥구 마북동에 위치한 한 자동차 부품 제조사 건물 3층 높이 외벽에서 사다리차를 타고 유리창 청소를 하던 김모(41) 씨가 바닥으로 추락해 숨졌다.

사다리차 운전자 최모(39) 씨는 "유리창 청소를 위해 건물 외벽과 김씨가 탑승해 있던 사다리차 간격을 맞추던 중 김씨가 갑자기 떨어졌다"고 말했다. 경찰은 바스켓 위에서 발을 헛디뎌 추락사한 것으로 보고 정확한 사고 경위를 조사 중이다.

2010. 09. 18.

그놈의 동네는
가지 성한 나무 한 그루 없더냐
푹신한 잔디 한 평 깔려 있지 않더냐
에라이, 추석이 코앞인데
눈 비비며 전 부치고 계실
어머니는 어쩌냐
하필 당신 나와 같은 나이냐
전깃줄에라도 매달렸어야지
없는 날개를 냈어야지
누구는 이십 층서도 살았다던데
구 미터면 살았어야지
어떻게든 살았어야지
발밑 좀 살피지
뭐라도 붙잡지
귓불 스쳐 날던 나비에라도 매달리지
이번 추석은 글렀다
음복하다 울게 생겼다

〈이름 모를 친구에게〉

모피옷 즐겨 입는 월드스타 '동물의 적' 맹비난

중국의 월드스타 궁리(45)가 모피로 인해 구설수에 올랐다. 공개석상에서 모피를 자주 착용하는 궁리에게 국제 동물보호단체 PETA는 '동물의 적'이라 비난했다.

특히 올해는 토끼해를 맞아 팬들이 선물한 토끼 모피를 입고 시사회장에서 포즈를 취했다. 이에 네티즌들은 '월드스타의 품행이 단정치 못하다'며 비난했고, PETA는 궁리로 연상되는 여성이 하이힐로 토끼를 짓밟는 잔인한 그림이 묘사된 포스터를 제작 배포했다. 포스터에는 "궁리, 정말 패션리더인가?"라는 문구를 넣었다. 포스터 기획자는 "궁리가 옷장 문을 열고 동물에 대해 어떤 나쁜 행동을 하고 있는지를 제대로 깨달았으면 좋겠다는 생각으로 포스터를 제작했다"고 덧붙였다.

2011. 01. 31.

산 채로 가죽 벗겨지는
극한의 고통.
피 뚝뚝 떨구는 생살로
아무렇게 던져졌다.
이대로 절명하길 바랐건만
목숨은 고약스레 질겨
고개 세워 바라본 새빨간 알몸에선
삶아낸 고기처럼 모락모락 김이 올랐다.
믿기지 않는 지옥의 풍경.
믿지 않을 수 없는 또렷한 통증.
가망 없는 현실은 공포보다는 당황스러움인데,
산 채로 가죽 벗겨진 적 없고
앞으로도 그럴 일 없을 너희는
고급 모피네 어쩌네
한 시간쯤 전화로 호들갑을 떨다가
기어코 집을 나설 테지만
만약 바람 한 점 없는 거리에서
나 펄럭이거든
산 채로 가죽 벗겨진 기억 떠올라
몸서리친 것이거니
증오 때문이거니

〈모피〉

절망 끝 '희망의 고삐' 새 생명이 태어났다

송아지가 태어났다. 농장주 최씨는 설 명절은 물론 지난겨울 내내 가족 친지들의 고향 방문까지 마다하며 구제역을 막아낸 보람을 만끽했다. 이웃들도 새 생명의 탄생을 마을의 경사로 여겼다.

태어난 지 12시간 정도 된 송아지는 외부인이 다가가자 어미 소 곁에서 경계의 눈초리를 보냈다. 어미 소의 모습에서 깊은 모정이 느껴졌다.

하지만 축산농가에 다시 한 번 긴장감이 감돌고 있다. 겨우내 전국의 축산농가를 참담하게 휩쓸고 간 구제역이 봄이 오면서 물러가는가 싶더니, 지난 수일 경북 영천에서 또 발생했기 때문이다. 구제역이 더 확산되지 않고 진정되길 바랄 뿐이다.

한겨레 2011. 04. 26.

웅크려 앉은 네 모습이
고사리순처럼 다소곳하다
축축해진 주둥이를 보아하니
처음 맛본 어미젖
무척이나 달았나 보다

훗날의 일은 생각지 말자
옆 마을의 흉흉한 소문도
한 귀로 흘리자
죽음도 피해 갔겠다, 태어난 날 꽃 피는 봄이겠다,
행운아라 믿으며 날 저물길 기다려
별을 구경하자
운 좋게 별똥별까지 만난다면
이것이 사는 맛인가 보다, 할 것이다

그러고는 꿈인 줄도 모르게
세상 모든 것이 시작된 우주로 떠나라
돌아오기까지 먼 길을, 때때로 출출할 때면
눈 감은 그대로
오직 너만을 위해 채워둔
이 어미젖을 물면 되는 것이다

〈희망을 위하여〉

오후부터 흐려져… 내일 전국에 강한 비

오늘은 어제보다 포근하겠지만 오후 시간에 흐려지겠습니다. 주말인 내일과 모레는 호우와 황사 소식이 잇따를 것으로 보입니다. 내일 내릴 비는 최고 80mm를 웃돌면서 양이 상당히 많겠습니다.

중부를 중심으로 호우특보가 내려질 가능성도 있고요, 한여름 비처럼 국지적으로는 시간당 20mm가 넘는 집중호우의 모습도 띠겠습니다. 비와 함께 천둥번개가 치거나 바람이 강하게 부는 날씨가 되겠습니다.

SBS 2011. 04. 29.

주말에 내린다는 봄비
폭우였으면 좋겠다.
아침 일찍 뒷산에 올라
'곧 비가 내리겠나니' 하면
천둥 치고 비 쏟아져라.
물론, 모처럼 월차휴가 날
준비 없이 올랐다가 당황한
초면의 당신을 위해
내 우산 한편 빌려드릴
그 정도 아량은 있다.
산 아래 단골 주점에 당도하면
냉담한 맥주 대신
막걸리에 파전을 시켜야지.
기름지고 맛깔스러운 그것을 기다리며
'뭐니 뭐니 해도 비 오는 날엔
막걸리에 파전이지' 하는 뻔한 대사
군침 삼키듯 읊어줄 테다.
우산 빌려 쓰신 당신
합석을 원하신다면
미리 알고 내어놓은 빈 잔 내밀어
한 잔 가득 받으시면 된다.

〈기분 좋은 날〉

혼자 살던 50대 男 숨진 지 10여 일 뒤 발견

충북 청주의 한 원룸에 살던 50대 남자가 숨진 지 10여 일이 지나 발견됐다. 27일 오전 10시께 충북 청주시 흥덕구 모충동의 한 원룸에서 혼자 살던 이모(54) 씨가 숨져 있는 것을 집주인 우모(49) 씨가 발견해 경찰에 신고했다.

우씨는 경찰에서 "월세가 두 달 동안 밀려 계속 문자를 보내도 답장이 없는 데다 이씨가 사는 방에 악취가 나 비상열쇠로 문을 열고 들어가 보니 숨져 있었다"고 말한 것으로 알려졌다.

경찰은 지난해 11월 3일 부모님 제사를 지낸 뒤 소식이 없었다는 유족의 말을 토대로 정확한 사망 경위를 조사하고 있다.

2011. 01. 27.

죽기 한 달 전에 그랬다
연락할 친구는 없고
연락 닿은 친구는 외면했다

일이 끊겼다
배가 고프다
체취 좋던 그녀가 떠오르는 고약한 하루
나를 때리던 아버지 산소에 가볼까?
엄마를 화장하지 말걸 그랬어

잔돈을 털어 소주를 샀다
차가운 기운이 배 속을 염하는 동안
여태껏 나를 울렸던 시름은
시시한 것이 되었다
아무래도 나는 눈물이 너무 많았다

뭔가 할 일이 있었는데
의식이 황급히 달아난다
아아, 화장해달라는 쪽지라도 남길 걸 그랬어

〈명복을 빌며〉

"남는 밥 좀 주오" 시나리오 작가의 쓸쓸한 죽음

지난달 말 경기 안양시 월셋집에서 영화 시나리오 작가 최고은(32) 씨가 지병과 굶주림에 시달리다 숨진 채 발견됐다. 최씨를 처음 발견한 이는 같은 다가구주택에 살던 또 다른 세입자 송모(50) 씨였다.

"그동안 너무 도움 많이 주셔서 감사합니다. 창피하지만, 며칠째 아무것도 못 먹어서 남는 밥이랑 김치가 있으면 저희 집 문 좀 두들겨주세요."

최씨는 죽기 전 송씨의 집 문에 이런 내용의 쪽지를 붙여놓았다. 송씨가 이를 보고 음식을 챙겨왔을 때 최씨는 이미 싸늘한 주검이 돼 있었다.

경찰은 갑상선 기능 항진증과 췌장염을 앓던 최씨가 수일째 굶은 상태에서 제대로 치료조차 받지 못해 사망한 것으로 보고 있다. 최씨의 사연이 알려지면서 영화계에서는 영화인들을 열악한 환경으로 내모는 구조적인 문제를 돌아봐야 한다는 지적이 나오고 있다.

2011. 02. 08.

공복의 속 쓰림에
지새웠을 너의 밤이
눈에 선하다

쌀이나 김치를 조금만 더 얻을 수 없을까요
2월 중하순에는 밀린 돈들을 받을 수 있을 것 같아서
전기세 꼭 정산해드릴 수 있게 하겠습니다
기다리시게 해서 죄송합니다

너를 알았다면
한창 맛있게 익어가는 김치
뜨거운 쌀밥 나누었을 텐데
끝내 너의 삶
해피엔딩은 아니었나 보다
부디 에필로그는
시네마 천국에서
웃는 얼굴로
천천히 페이드아웃 되기를

〈그녀에게 천국을〉

고통에 절규하는 새끼 곰을 죽이고 자살한 어미 곰

최근 영국의 '데일리메일'은 중국의 한 농가에서 산 채로 쓸개즙을 채취당했던 곰 모녀母女가 비참한 최후를 맞았다고 보도했다. 어미 곰은 고통에 몸부림치는 새끼 곰을 죽이고, 벽에 스스로 머리를 들이받아 죽었다.

데일리메일에 따르면, 문제가 된 중국 북서부의 한 농장에서는 곰의 쓸개즙을 채취하려고 살아 있는 곰의 쓸개에 호수를 꽂아 수시로 쓸개즙을 뽑고 있었다. 사건이 일어난 날에는 농장 일꾼이 한 새끼 곰을 쇠사슬로 묶어놓은 채 쓸개즙을 뽑아내고 있었다.

이날 새끼 곰의 절규에, 어미 곰은 더 이상 견디지 못했다. 곰은 상상을 초월하는 힘을 발휘해 철창을 부수고 탈출했고 새끼 곰에게 뛰어갔다. 농장 일꾼은 이를 보고 혼비백산해 도망쳐버렸다고 한다.

한 목격자에 따르면 달려온 어미 곰은 새끼 곰의 쇠사슬을 끊으려 했다. 하지만 쇠사슬을 끊을 수 없었던 어미 곰은 새끼 곰을 끌어안고, 질식시켜 죽였다. 자신의 새끼 곰을 죽인 뒤, 이 어미 곰은 스스로 벽으로 돌진했고 머리를 부딪쳐 죽은 것으로 알려졌다.

조선일보 2011. 09. 02.

너의 가슴팍에
반달을 물려준 것이
이 어미의 죄다
숲에서 포획된
내 아버지 방심이 죄다

죽기 전 아버지는
산딸기를 그리워했다
농익은 다래를 그리워했다

이제 그만 고통을 끝낼 시간
아, 깊은 산 고목 틈에 출렁일
아까시 꿀

〈반달〉

서울동물원 인기스타 고릴라 '고리롱' 숨 거둬

지난 17일 밤, 서울동물원 최고의 인기스타였던 롤런드고릴라 '고리롱 할아버지'가 세상을 떠났다. 고리롱은 고릴라의 평균수명이 야생에서 30~40년이라는 점에서 사람 수명으로 80~90세에 해당하는 49년을 살아 장수했으나 노환으로 새끼 고릴라 하나 없이 숨을 거뒀다.

지난 1968년 1월 당시 4~5세 나이로 아프리카에서 처음 창경원으로 들어왔던 고리롱은 열악한 시설환경 탓에 양쪽 발가락을 절단했다. 불편한 몸 때문에 지난 2004년부터 함께 살아온 아내 고리나에게도 힘의 경쟁에서 항상 밀렸다.

롤런드고릴라는 멸종위기 종으로 보호받고 있어 외국으로부터 수입 자체가 불가능하므로 2세 출산의 기대는 더욱 절실하다. 게다가 국내에선 유일하게 서울동물원에만 보유하고 있고, 몸값 또한 수입과정의 마진과 운송비 및 부대비용까지 계산한다면 10억 원이 훨씬 넘는다.

고리롱이 숨을 거뒀지만 의료팀은 부인 고리나의 2세 출산에 대한 희망을 얻고자 인공수정을 검토키로 했다. 표피와 골격은 표본 및 박제 처리를 하고 6개월 정도 지나면 일반에 공개해서 장수고릴라 '고리롱'에 대한 넋을 기리고 동물사랑에 대한 경각심도 일깨워줄 계획이다.

2011. 02. 22.

고향 떠나온 지 반백 년
시멘트 독에 잘린 발가락
휘청이는 몸으로
사랑도 힘에 부치어
자식 하나 남김 없음이 서러운데
본전 생각에 박제라니,
하지 말아라
그만하면 됐다
아프게 가죽 벗겨
목마르게 말리지 말아라
먼지 앉고 곰팡이 필
구경거리로 세워놓고
애도니 넋이니
그거 말장난이다
사라 바트만처럼
사무치게 그리웠을
아프리카
흙으로

〈고리롱〉

사람이 죽어가도 4대강 공사 속도전

4대강 공사 현장에서 사망자가 속출해 '죽음의 속도전'이 아니냐는 비판이 일고 있다. 특히 낙동강 18공구는 한 달 새 벌써 3명째 사망자가 발생했다. 지난달 22일 준설선 작업인부 50대 남성 익사, 지난 1일 덤프트럭 기사 50대 남성 돌연사 그리고 지난 15일 오전 7시 40분 포클레인 작업 도중 인부 최모(46) 씨가 포클레인이 강물에 빠지는 사고로 사망했다. 포클레인이 들어가기 어려운 '펄층'인 데다 준설에 필요한 가물막이도 설치하지 않은 상태였다.

4대강 사업저지 낙동강지키기 경남본부는 "육상준설은 가물막이 공사로 물빼기를 한 뒤 작업을 해야 한다"면서 "속도전을 위해 노동자의 안전, 낙동강의 환경보전 등은 아예 내팽개쳤다"고 비난했다.

2011. 04. 17.

어떻게든 공사 끝나 꽃단장되고
그런 일 없었노라, 모르는 척할 때쯤
늦은 밤, 서글픔에 등 떠밀려
그 강에 홀로 찾아갈지도 모르겠습니다
돈 꽤나 발랐을 벤치에 앉아
이제는 직선으로 바삐 흐르는 수면 위로
목격자인 달까지 만나게 된다면
가라앉지 않으려
아무도 없는 뭍 쪽에 뻗은 손
떠올리겠습니다
누군가는 만류했을 일
먹고살려면 어쩔 수 없다던
핑계 같은 하소연도
그럴 수 있었겠다 생각하겠습니다
그러다 당신 감독관의 감독관의
제일 높은 감독관의 웃는 얼굴 떠오르면
예뻐서 혐오스러운 직선의 그 강가
주저 없이 떠나겠습니다

〈강가에서〉

매 맞는 아내 64.8% "10년 이상 참고 살았다"

여성가족부의 '2010 가정폭력 실태조사보고서'에 따르면 지난 1년간 가정폭력 발생률은 54.8%로 가족 내 구성원 절반 이상이 가정폭력을 경험한 것으로 나타났다. 특히 가정폭력으로 인해 이혼을 결심하는 여성 중 64.8%가 10년 이상 남편의 폭행에 시달려온 것으로 분석됐다. 자녀 양육과 경제적 자립 문제로 용단을 내리지 못한 여성들이 남편의 폭력이 지속적이고 반복적으로 나타나는 시기가 돼서야 가정폭력의 굴레를 벗어나려 한 것이다.

2011. 04. 26.

술만 자시면 눈 뒤집어진 아버지는
어머니 목에 조선낫 겨누다가
마른 솔가지 하얗게 타는 아궁이에
신음하는 얼굴 밀쳐 넣었다
기분대로 부수고
아니 놀지는 못하리라는 창부타령 부르다 잠들면
뽑혀나간 머리카락
절룩이며 주워 쥔 어머니는
품속을 파고든 네 남매에게
차라리 죽어버리자 했었다
세월 지나도 고약한 것은
볕 좋은 주말 등산로 오를 때에
오랜만의 별미로 비빔국수 고명 얹을 때에
뜬금없이 떠오른다는 것인데,
묘목에 생겨난 생채기가
훗날 크고 선명한 흉터로 남듯
술만 마시면 눈 뒤집혀서는
엄마 청춘 가엾어서 어쩌나
뒹굴며 울게 하는
그런 거더라

〈아물지 않더라〉

한산한 서울 광화문 거리

추석 연휴 첫날인 21일 오전 고향을 찾은 시민들로 인해 서울 광화문 거리가 한산한 모습을 보이고 있다.

뉴시스 2010. 09. 21.

© 뉴시스

요만큼만 있었으면 좋겠다
사람들
더도 말고 덜도 말고
딱, 요 정도만 살았으면 좋겠다
추석 설날 서울역에 한 명
월드컵 한일전 시청 광장에 두 명
제야의 종 타종식에 네 명

굽이굽이 오르는 산동네 골목길
날은 후텁지근하고 고양이는 많은데
언제나처럼 여섯 시간째 헤집고 다니다가
다음 달에는 볼 수 있겠지, 하며 아쉽게 돌아서는데
막다른 끝 집
대문 열고 나오는 아가씨
나는 한걸음에 달려가 끌어안는다

"사람이다!"

〈그랬으면 좋겠다〉

세상의 소금 된 '손 없는 소금장수'의 선행

두 손 없이 염전을 일구는 서산의 소금장수 강경환(54) 씨. 강씨는 어릴 때 해변에서 놀다 지뢰를 만져 두 손을 모두 잃었다. 사고 이후 방황을 거듭하던 강씨는 자신보다 더한 장애를 가진 분을 보고 마음을 다잡았다. 강씨에게 빛이 되어준 건 소금이었다.

장정도 오래 버티기 힘들다는 염전 일을 신념과 끈기로 이어간 그는 염전에서 돈을 벌기 시작하면서부터 어려운 이웃을 도왔다. 독거노인이나 소년소녀가장의 집 앞에 남몰래 자신이 직접 만든 소금과 각종 생필품을 갖다놓기 시작했다. 그렇게 지난 15년간 충남 서산 일대의 어려운 이웃 80여 명에게 소금과 쌀을 나눠주었고, 지난해에는 번 돈의 4분의 1을 쾌척하기도 했다.

선행은 어렵거나 특별한 게 아니라고 말하는 강씨는 "소금장수가 소금 역할을 하니 얼마나 감사해요"라며 앞으로 다른 장애인과 함께 일하는 공동체를 만드는 게 꿈이라고 밝혔다.

2011. 05. 01.

짜디짠 소금장수라지만
씀씀이 푸짐했다
지뢰가 걷어붙인 두 팔로
온종일 땡볕 아래에서 수확한
눈부신 결정들은
소금이었을까
마음이었을까

항아리에 채워 넣고
한 일 년,
싱거워도 짜유, 짜유, 하며
아껴 먹어야겠다
결코 썩는 법 없이
오래갈 그 마음

〈소금선생〉

만취승객이 기사 폭행… 택시는 인도 덮쳐 20대 女 사망

만취 상태의 승객이 택시기사를 폭행하는 도중에 차도를 벗어난 택시가 인도를 덮쳐 20대 여성이 숨지는 참극이 발생했다.

21일 동대문경찰서에 따르면 정모(40) 씨는 이날 오전 4시께 김모(70) 씨가 운전하는 택시를 탔다. 만취한 정씨는 김씨가 자신이 요구한 목적지와는 다른 방향으로 택시를 몬다며 시비를 붙였고, 급기야 기사를 폭행하기 시작했다.

갑자기 폭행을 당한 김씨는 급하게 핸들을 틀었고 그 와중에 택시는 인도로 돌신했다. 그때 인도로 걸어가며 귀가하고 있던 이모(28) 씨를 들이받은 것. 곧바로 병원에 옮겨진 이씨는 결국 사망에 이르렀다.

2010. 09. 21.

이제 남겨진 가족과 친구들에게
명절은 그리움에 눈물짓는 날이 돼버렸군요
1분만 서둘렀더라면
1분만 게을렀더라면
행인과 시비라도 붙어 걸음이 지체됐더라면
밉상스레 불거진 보도블록에 발이라도 걸려 넘어졌더라면
지금쯤 고향집 거실에 둘러앉아
떡 빚고 전 부치며
모처럼의 행복을 누리고 있을 텐데,
운명이라는 놈이 가혹한 이유는
준비할 시간을 주지 않는다는 것이겠지요.
아직 떠나기엔 억울한 스물여덟 살,
명복을 빕니다

〈그랬더라면〉

이창동 감독, '쥐 그림 처벌 말라' 탄원서 제출

'시', '밀양'의 이창동 감독이 주요 20개국 정상회의를 앞두고 홍보 포스터에 쥐 그림을 그려 기소된 대학강사 박모(41) 씨 등 2명의 구명을 위해 최근 서울중앙지법에 탄원서를 제출했다. 이 감독은 탄원서에서 "박씨에 대한 법적 처리가 우리 사회의 표현의 자유에 대한 척도, 예술적 방법에 의한 풍자와 비판에 대한 관용과 이해라는 중대한 문제와 관련이 있다고 생각해 탄원서를 제출한다"고 밝혔다.

그는 "박씨가 그래피티 작업을 해 공용물건 훼손에 관한 법률을 위반했음이 인정되지만, 이는 사회적으로 관용되는 예술의 범위를 확장해 표현의 자유를 높이고 우리 사회를 더욱 민주적으로 만들기 위한 의도에서 비롯된 일이었다"며 "박씨의 표현물에 무거운 형벌이 가해지는 것이 우리 사회의 민주주의와 성숙도, 그리고 표현의 자유를 바탕으로 한 예술적 창의성에 큰 위협이 될 수 있음을 깊이 헤아려달라"고 덧붙였다.

2011. 05. 02.

벼룩의 운명이란
얼마나 가여운 것인가
치열한 경쟁 끝에
겨우 작은 설치류의
온기와 피를 동냥하며
각질 덮고 잠드는 처지

그래도 긍지는 드높아
숙주의 안전을 위해 기꺼이
부지깽이 든 영장류를 물었다
페스트를 감염시켰다

당분간
노쇠한 그를 대신할
힘 좋은 놈을 만나기 전까지는
가급적 충성해야지
살아남아야지

〈공생의 긍지〉

"십일조는 인류 최초의 사회복지세금"

복지가 우리 사회의 화두 중 하나가 된 요즘, 개신교 월간지인 '복음과 상황' 5월호는 기독교 관점에서 복지 문제를 조명했다.

이 잡지는 '밥퍼식 자선을 넘어 희년의 복지국가로'라는 제목의 표지 기사에서 성서에 나타난 복지 사상, 개신교가 복지사회에 어떻게 기여했는지 등을 살펴보고 교회가 사회복지를 위해 어떤 역할을 해야 하는지 고찰했다.

2011. 05. 12.

할머니 쌈짓돈 훔치지 말라
계약직 막내딸 밤새 일해 번 돈
기름 좀 넣으셔
뭐라도 사드셔
조끼 주머니에 찔러 넣은
죄송한 푼돈
피다

충분히 누리게 하라
살았을 적 야매라도 틀니
맛난 떡
말랑한 곶감
뜨끈한 아랫목

그리하여 천국 가는 날
들은 대로
읽은 대로
배운 대로
당신 설교 그대로
과연 그렇게 좋은 곳이었는지
낱낱이 비교할 수 있도록

〈목짜에게〉

“무상보육이 무상급식보다 우선” 주장

오세훈 서울시장이 정부의 ‘만 5세 무상보육’ 계획에 대해 “무상보육이 무상급식보다 우선”이라며 찬성 입장을 밝혔다. 오 시장은 4일 가진 기자간담회에서 “같은 재원으로 무상급식과 무상보육을 다 할 수 없다”며 “둘 중 하나를 고르라면 확연히 우선순위는 보육에 있다”고 말했다.

그는 “같은 무상시리즈라도 무상보육과 무상급식은 어떤 것을 우선순위에 놓고 볼 것이냐가 문제”라며 “외국 사례만 봐도 5세아 무상보육은 우리보다 앞선 나라건 뒷선 나라건 어느 나라나 적극적으로 하고 있는 정책이고, 무상급식은 하고 있는 나라가 거의 없다”고 설명했다.

2011. 05. 04.

내가 걸어온 보도는 무상보도
저 차 달리는 도로도 무상도로
우리 둘이 술 마시는 요 근린공원도 무상공원

"그것이 어째서 무상이야?
이 쐬주 한 병에도 세금이 붙는데!"

듣고만 있던 최씨가 홧김에
반이나 남은 소주병을 공원 밖으로 던졌다
하필 지나가던 순찰차 앞유리가 박살났다
내친김에 순경 따귀까지 갈긴 그는
벌금 낼 돈이 없어 감옥에 갇히고 말았는데
한 달 후 면회일에 점심을 마친 그가
제법 살 오른 얼굴로
웃으며 말했다

"진짜 무상은 가막소더라, 가막소!"

〈최씨의 결론〉

'노동자의 어머니' 영원히 잠들다

전태일 열사의 모친 故 이소선 여사의 영결식이 열린 7일 오전 서울 대학로에 고인의 운구행렬이 지나고 있다.

2011. 09. 07.

온통 눈밭일 세상
마중 나온 스물두 살 사내가
길눈 어두운 어머니를 위해
맨발로 눈길을 녹입니다
희미한 석유 냄새에
니 태일이 아이가, 하고
이름 부르시는데도
근사한 미소로 맞이하고픈 그는
돌아서면 울음이 터질 것 같아
못 들은 척
시린 발을 멈추지 않았습니다
어쨌든 인사를 해야 한다면 어머니,
잘 오시었다고 말해야 할까요

〈마중〉

근육 굳어지는 희귀병 '20년째 침대생활'… '溫'라인 세계여행

김천수(33) 씨는 근육이 굳어가는 난치성 희귀병 근이영양증을 앓고 있다. 여덟 살 때 처음 이 병을 진단받은 김씨는 열한 살이 되던 해부터는 걸을 수 없게 되었고, 어머니의 도움 없이는 일어나지도 밥을 먹지도 못한다.

누워서 지내는 침대생활만 20년째인 김씨는 두 개의 삶을 살고 있다. 육체는 누워 있지만 정신은 세계 이곳저곳을 누빈다. 6년 전 같은 병으로 함께 치료를 받아온 최병호(33) 씨가 게임 '대항해시대'를 소개해주어 새로운 세상을 얻게 됐다. 이 게임은 배를 타고 오대양을 누비며 모험을 벌이는 이야기로 구성돼 있다.

온라인 세상에서 기적과 같은 인연을 만나기도 했다. 아들을 보살피느라 몸이 쇠약해진 김씨 어머니의 수술비와 치료비가 필요했던 것. 어려운 형편에 1,800만 원에 달하는 큰돈을 구할 길이 없었다. 김씨의 안타까운 사연이 온라인에 확산되면서 모금운동이 시작됐고, 지난달 1,800만 원이 김씨 가족에게 전달됐다. 김씨는 "얼굴도 모르는 사람들이 사연만 듣고 이렇게 도와주는 것에 너무 놀랐고 마음이 따뜻해졌다"며 "병이 나으면 꼭 다른 누군가를 돕고 싶다"고 말했다.

동아일보 2011. 05. 27.

무덤 파헤치듯 무례하게 비집고 들어온
아침 볕에 놀라지 말라
바짝 달궈진 날 선 광선이 배를 갈라도
침착해야 한다

굳었던 몸 거짓말처럼 풀어지거든
지체 없이 베란다로 나가
어깨 빠질 만큼 기지개를 켜라
소리 나게 무릎 탁, 치면
눈 깜짝할 사이 하늘로 솟구쳐
한 점이 될 것이다

시공의 주인은 오직 당신뿐이니
느긋하게 두어 달
가고 싶었던 구석구석
원 없이

아침식사 먹이시려는
어머니 성화에 깨더라도
결코 서운하지 않을
생생한 꿈이었기를

〈단꿈〉

‘투병 중인 아내’ 살해 후 목 맨 70대

30일 새벽 부산 서구 모 대학병원 병실 내 화장실에서 김모(75) 씨가 탄력 붕대로 목을 매 숨져 있는 것이 발견됐다. 또한 김씨의 아내 이모(70) 씨도 병실 침대에 누워 있는 상태로 숨진 채 발견됐다.

경찰 조사 결과 아내 이씨는 정신질환을 앓아오다 지난 23일 뇌종양 수술을 받은 뒤, 이 병원에서 입원치료를 받아온 것으로 알려졌다. 남편 김씨는 아내 간병에 스트레스를 받았던 것으로 전해졌다.

경찰은 이씨의 목에 졸린 자국이 있는 점을 미뤄 김씨가 먼저 아내를 살해한 뒤, 스스로 목숨을 끊은 것으로 보고 정확한 사인을 조사하고 있다.

2011. 11. 30.

병상마다 이런저런 사연들이
애틋하고 서럽다

병든 내외가 함께 떠났더라는 소식은
처지가 다르지 않을
이들에게서 저들에게로
병상에서 병동으로 번지는
긴 탄식이 되겠지

유품 치워진 방에 홀로
술잔 기울이는 자식의
아픈 후회가 되겠지

〈병동〉

6명에 장기기증 새 삶 주고 高1 기석이는 그렇게 떠났다

지난 5일 서울 서초구 반포동 서울성모병원 장례식장에서 김기석(17) 군의 장례식이 진행됐다. 키 182cm에 10km 단축마라톤을 뛰는 건강한 아들이 갑작스레 쓰러질 거라고 꿈에도 생각하지 못했던 아버지 김태현(51) 씨는 흐르는 눈물을 감추려고 애썼다.

김군이 쓰러진 건 지난 2일 저녁. 뜬눈으로 밤을 새운 아버지 김씨는 이튿날인 3일 오전 11시쯤 의사로부터 사실상 뇌사 상태라는 진단을 받았다. 김군의 부모는 평소 속 깊은 아들을 떠올리며 장기기증으로 아들이 이 세상에 다녀갔다는 사실을 남겨야겠다는 생각이 들었다.

"누워 있는 기석이 모습을 보니 아주 예쁘고 편안하더군요. 기석이의 장기가 다른 분들에게 이식돼서 못다 산 삶을 사는 게 좋겠다는 생각이 들었습니다."

4일 오전 9시 9분 최종 뇌사 판정이 내려졌고, 12시부터 오후 7시까지 심장과 간, 폐, 췌장, 신장 2개를 떼어내는 수술이 진행됐다. 말기 질환 환자 6명이 기석이의 장기로 새 삶을 얻었다.

조선일보 2011. 12. 07.

잠시 헤어지는 것일 뿐
다시 만날 것을 믿자

붐비는 종로 거리에서
결혼 앞둔 카센터 청년의 콩팥으로
동갑내기 소녀의 심장으로
붙임성 좋은 할머니의 췌장으로

설령 알아보지 못한 채 스쳐 지나더라도
서운해하지 말자
흩어진 파편일 뿐이라는
속상한 생각도 하지 말자

그래야 하는 까닭은
마지막 날까지 함께 살아
울고 웃을
그대의 여생이기에

〈여생〉

육군 중위, 정기 강하훈련 중 추락사

27일 오전 8시 30분경 경기도 광주시 오포읍 매산리 특전교육단에서 정기 강하훈련을 받던 특전사 9여단 소속 김모(28. 학사 51기) 중위(대위 진급 예정)가 추락해 사망했다. 육군 관계자는 "오늘 기상 상태는 양호했다"면서 "300m 상공에서 뛰어내린 김 중위는 강하 도중 낙하산 줄이 강하훈련용 기구(일명 '코끼리') 케이블에 감겨 끊어져 그대로 추락해 현장에서 숨졌다"고 말했다.

2011. 05. 27.

교장 위에 부서진 청춘아
오늘 밤 국화 향기 쫓아
숲을 가로질러라
흙 묻은 군화는
벗들의 구두 곁에 나란히 벗어두고
너를 추억하는 다정한 목소리에
귀 기울여라
좋은 녀석,
짧은 생이었지만
그래도 멋지게 살다 갔더라는
철없는 위로에
그대는 아프겠지만

〈국화를 놓으며〉

소가 있어 행복한 농부가족

4일 오후 강원도 영월군 북면 덕상리에서는 고추파종을 위해 밭갈이에 나선 한 가족이 소 쟁기질의 도움을 받으며 밭을 일구었다. 경사면이라 농기계를 사용하지 못하는 환경에서 옛 추억 속의 쟁기질이 눈길을 끌었다.

2011. 05. 04.

아이고오
고생 많으셨습니다 우 선생
보아하니 얼굴이며 허리며 어깨며
더덕더덕 붙은 세월이
한눈에 뵙기에도
얼추 스물네댓은 잡수신 것 같은데
어떠셨습니까 오늘.
겨우내 쉬었다 일하시려니
예년 같지 않지요?

구불구불한 이랑
그대로 비닐 덮는 걸 보니
주인 양반 그리 까다로운 분 같지는 않군요
일도 거의 끝났겠다,
마무리는 아들 내외분께 맡기고
비탈길 넘어지지 않게
조심조심 내려가시길

부리망 사이로
산비탈 타고 오르는 쇠죽 냄새
차암 구수하지요?

〈황소의 봄〉

2 0 1 2 - 2 0 1 5

움켜쥐기엔, 삶은 너무 뜨겁다

가난이 대물림되는 한국 사회… 빈곤탈출률 8년 새 최저

보건사회연구원이 발표한 '2014년 한국복지패널 기초분석보고서'에 따르면 저소득층이었던 사람이 중산층이나 고소득층으로 계층 이동을 한 비중(빈곤탈출률)은 22.6%에 불과했다. 저소득층 4.5명 중 1명꼴로 '신분이동'을 한 것으로, 8년 전 조사를 시작한 이후 최저치를 기록했다. 반면 고소득층 4명 중 3명은 여전히 고소득층에 남았다. 특히 고소득층이었다가 저소득층이 된 사람은 0.4%에 그쳐 역대 조사 중 가장 낮았다. 가난한 사람은 계속 가난하고 부자인 사람은 계속 부자로 남고 있다는 뜻이다. 부富를 기반으로 한 신분이 계층을 넘어서서 계급이 되고 있다.

2015. 01. 28.

사람들은 죄가 없고
아이들을 생산했다
이름 모를 장난감과 효과 모를 교육에
돈을 치렀으므로 죄의식 따위는 버려도 될 만한 명분이 있었고
후반부에 이르러서는 내 몸 하나로도 힘들었고
가족의 추억에서 배제되었고
아이들은 죽을 때까지 제 부모를 미워했다가
가여워했다가
그리워했다가
술 취했다가

여간해선 뒤집어지지 않는
세상은 삼각형 구조였고
긍정을 훈련받은 아이들은
꼭 죄가 있어서라기보다는
어김없이 아이들을 생산했고
지루한 이야기는
좀처럼 끝나지를 않고

〈지루한 이야기〉

도축 직전의 소·돼지 "제발 기절하게 해주세요"

4인 기준 한 가정의 식탁을 위해 한 해 64마리의 동물이 죽는다. 닭 7억 2,528만 마리, 돼지 1,463만 마리, 소 75만 마리 등 국내에서 한 해 가축 8억 1,550만 마리가 도축된다.

국내에서 도축되는 돼지 10마리 중 1마리는 의식이 있는 채로 도살되는 것으로 나타났다. 돼지의 고통을 최소화하기 위해 먼저 기절을 시킨 뒤 온몸의 피를 빼는 방혈 작업을 시작하지만, 기절이 제대로 안 되거나 다시 깨어나는 개체가 10%를 넘는다.

돼지는 농장에서 화물트럭에 실려 도축장으로 이동한다. 화물트럭 안에서는 신문지 한 장보다 작은 공간을 차지하고 부대끼며 서서 평균 1시간 30분 정도를 이동한다. 도축장에 도착한 돼지들은 저항하다 계류장으로 떠밀린다. 본격적인 해체 작업 전에 먼저 몸을 씻기고 컨베이어 벨트 위에 올리는데 이때 전기기절기에 의해 돼지는 통나무처럼 굳어 떨어진다. 돼지가 기절하면 곧바로 방혈을 시작한다. 온몸의 피를 빼내 해체를 준비하는 것이다. 하지만 이 과정에서 의식이 회복된 것으로 의심되는 개체가 12.3%에 이른다.

한겨레 2012. 02. 10.

칼에 베이고도
더는 딱지 지지 않는 생살 몇 덩이가
치지직, 불판 위에서 탔다
이모님과 유통업자는 이문을 남겼고
도축업자와 옛 주인도 이문을 남겼다
우리 또한 삶의 노고에 대한 얼마간의 보상을
(엉뚱하게도)
너에게 청구하기로 했다

회식의 취지대로
웃고 떠들며 회포를 푸는 동안
문득 너도
도축장으로 실려 가던 그저께
고속도로 트럭 밖의 생경한 외계 풍경을
기왕에 소풍 삼아 즐겼기를 바랐으나
사실 우리는 그런 식의 소풍을 떠나지 않는다

미안하다만 우리는 돈을 치렀고
이모님은 이문을 남겼고
오롯이 너만 당했다

〈독박 씌우기〉

“명절이 지나고 다니는 학원 수가 더 늘었어요”

추석 연휴를 앞두고 대전의 한 초등학교 앞에서 추석을 맞는 소감을 물었다. 5학년생인 찬우(12)는 풀 죽은 목소리로 지난 설을 보내고 난 뒤 다니던 학원이 3곳에서 5곳으로 늘었다고 했다.

“엄마가 사촌 누구는 올백 맞았는데 넌 왜 많이 틀리냐며 국어랑 사회 학원을 추가했어요.”

찬우는 이번 추석 이후 5군데 다니는 학원 수가 행여나 더 늘어날까 두렵다.

4학년 수정이(11)는 할머니 댁에도 문제집을 가져가야 된다고 했다.

“중간고사는 아직 한 달 정도 남았지만 미리 공부하는 모습을 보여야 된대요. 학원 때문에 잘 못 놀아서 추석 때만큼은 놀고 싶은데….”

친척들과 정겹게 놀고 차례상 앞에 놓인 과일과 약과를 베어 물며 할아버지 댁 마당에서 뛰어노는 모습. 어른 못지않은 ‘명절 스트레스’에 시달리는 요즘 아이들에게는 이제 낯선 풍경이 되었다.

노컷뉴스 2012. 09. 28.

우리 반 십육 번
박정호가 죽었네
영어학원 건너려다
빵소니를 당했네

레커차 달려오고
경찰차 달려오고
사이렌 요란한데
그 애의 텅 빈 눈은
먼 하늘만 보았네

박정호가 죽었어요
훌쩍대는 전화에
울 엄마는 그 아이
몇 등이냐 물었네

〈학원 가는 길〉

‘아이에게 체리 맛 보여주고 싶어’ 체리 훔친 엄마 입건

자식에게 체리 맛을 보여주고 싶은 마음에 남의 물건에 손을 댄 엄마가 경찰에 붙잡혔다. 청주 청남경찰서는 남의 집 앞 택배로 온 시가 3만 원짜리 체리를 훔친 기초생활보장 수급자이자 홀로 두 아이를 키우고 있는 이모(39) 씨를 불구속 입건했다고 밝혔다. 아파트에서 광고전단지를 돌리는 아르바이트를 하던 이씨는 아파트 현관문 앞에 놓여 있는 체리 택배 상자를 가방에 몰래 넣어 도망쳤다. 경찰 조사 결과 이씨는 체리를 한 번도 먹어보지 못한 초등학생 아이들이 생각나 순간적으로 범행을 저지른 것으로 나타났다.

청주 청남경찰서 관계자는 “범행 액수가 적고 초범인 점을 고려해 이씨를 불구속 입건했다”며 “피해자도 이씨의 안타까운 사연을 듣고 이씨를 용서했다”고 전했다.

2013. 08. 02.

아버지 때처럼
오늘도 더웠습니다
물려주신 가난은 넉넉했고요

체리를 훔쳤습니다
피치 못할 사정을 읍소해보고도 싶지만
나라님은 알 바 아닐 테고
가난에 관해서는
얘기 끝났다 하실 테죠

나라를 훔친 분들이
압수수색과 상관없이
비밀창고에서 예술을 논하는 동안에도
그깟 작은 열매나 탐한 자신이
부끄러워졌습니다

돌아가 아이들에게
벼슬 같은 가난을
세습해주어야겠습니다

〈체리와 장군〉

가을비 내린 정동길

29일 오전에 이어 잠깐 가을비가 내린 정동길에 떨어진 은행나무 낙엽 위로 시민들이 오가고 있다.

경향신문 2013. 10. 29.

© 경향신문

나는 눈뜬장님

바람아 부탁한다
매일 지나는 나의 길 위에
잘 마른 낙엽을
이열종대로 놓아주렴

옷깃 여미는 것도 잊은 채
습관대로 걷는 이 길을
못해도 내일
백 번째 낙엽 밟는 소리에는
눈 떠져야 한다

이대로는 안 된다고
이렇게는 안 되겠다고

〈정동길〉

“예수천국 불신지옥”을 외치는 사람들. 그들은 왜…

서울 명동을 돌아다니다 보면 ‘예수천국 불신지옥’이라는 팻말을 매고 앰프로 찬송가를 틀면서 거리를 다니는 사람들을 종종 마주친다. 명동의 한 상인은 “장사에 지장이 있어 소리를 줄여달라고 말해도 돌아오는 건 험한 말뿐이다. 경찰이나 구청에 신고해봐도 아무런 대응이 없다”며 불편을 호소했다.
‘예수천국 불신지옥’이라 전도하는 이들을 만났다. 이들은 10평 남짓한 사무실에 의자 몇 개와 책상 하나, 전도를 위한 앰프와 팻말들로 꽉 차 있는 납루한 선교회 사무실로 안내했다. 이 선교회를 운영한다는 김 전도사는 “교회의 후원 없이 운영되다 보니 재정적인 어려움이 많다. 자비로 운영하다 보니 신용 불량 상태가 됐다. 선교회 인원이 10여 명인데 이들을 재울 곳도 없다”며 어려움을 호소했다. 전도를 하는 이유에 대해 “우리의 외침으로 한 명이라도 더 교회를 다니게 하는 것이 전도를 하는 이유”라고 밝혔다.

경향신문 2012. 09. 12.

신을 믿는다는 것은
사랑했던 이가 지옥에 있으리라는 것을
또한 믿는 것이기에
차라리 나는 불신자가 되련다
설령 천사의 실수로 천국에 가더라도
춤추고 노래하는 대신
상복 입고 그를 위해
매일매일 울어야지
그러므로 구원받은 비정한 자들아
지옥으로 겁주어 천국으로 몰아세우는
그런 짓 말아라

〈전도〉

새 단장한 마포대교 '생명의 다리'

투신자살을 줄이려고 마포대교에 설치한 '생명의 다리'가 시민 공모를 통해 선정된 문구와 이미지로 새로 단장했다.

2013. 06. 24.

한 번 더 기회를 주는 일.
강물과
택시와
둔치에 앉은 연인과
도시와
붉어지는 하늘과
별과
우주와
이발사를 웃게 하는 정수리의 사마귀와
쓸 만한 유머 감각과
조곤조곤한 목소리와
대단한 주량과
악의 없는 거짓말과
이제껏 보고 들은 모든 것들과
가슴속에서 차례를 기다리며 앓는 꿈들이
사라지지 않도록 허물뿐인 날들에
눈 한 번 감아주는 일.
그리고 구두를 신고
막연히 다리를
떠나가는 일.

〈다리 위에서〉

딱 한 번 만난 남자를 14년째 찾아 헤매는 여자

영국의 한 여성이 축제에서 딱 한 번 만난 남성을 14년간 찾아 헤맨 사실이 알려져 화제라고 영국 일간 '미러'가 26일 전했다.

영국 마드리드에 사는 실비아 메사(64)는 1999년에 영국 에든버러 축제에서 한 남성을 만났다. 저녁 시간을 함께 보낸 이들은 연락처를 주고받았지만 집에 가는 길에 그녀는 연락처가 적힌 종이를 잃어버렸다.

그녀가 그에 대해 알고 있는 것은 이름이 '죠디'라는 것, 그리고 180cm 정도의 키에 영국 BBC 방송국에서 정책 리포트를 하는 '브라이언 테일러'와 닮았다는 것뿐이다.

실비아는 그를 만날지도 모른다며 매년 같은 축제를 찾았다. 실비아가 그를 찾기 위해 고용한 사설탐정 케이스 코번트리는 "사막에서 바늘 찾기지만, 이전에도 비슷한 일을 해결한 적이 있었다"며 "그녀는 단지 그를 다시 한 번 더 만나기를 원하는 것"이라고 덧붙였다.

서울신문 2013. 09. 27.

세상이 생겨나던 날
우주 양쪽 끝에서
서로를 향해
바늘 한 쌍이 출발했습니다.
걱정 마세요.
허공에서 바늘 끝은
맞부딪힐 것이고
당신은 불꽃에 데일 것만을
염려하면 됩니다.
우리, 확률 같은 얘기는
하지 맙시다.

〈필연을 믿으며〉

봄을 재촉하는 겨울비

이곳 부산은 겨울을 뛰어넘어 봄이 오고 있네요. 겨울비가 더욱 봄을 재촉하고 있습니다.

포토친구 2015. 01. 26.

© 황보현

겨울비다 첫사랑아
전깃줄을 잡아라

우리도 한때는
얼마나 저릿저릿했는지

〈겨울비〉

실종된 수도검침원 10일 만에 숨진 채 발견

경북 의성군에서 실종됐던 50대 여성 수도검침원이 10일 만에 숨진 채 발견됐다. 18일 경북경찰청에 따르면 한 야산에서 수도검침원 김모(52)씨가 알몸으로 낙엽에 덮인 채 숨져 있는 것을 마을 주민이 발견해 경찰에 신고했다. 김씨의 시신에서는 별다른 외상 흔적이 발견되지 않았다. 시신이 발견된 곳은 실종 당일 피해 여성이 마지막으로 목격된 주택에서 900m 정도 떨어져 있다.

숨진 김씨는 지난 9일 수도검침 업무를 나갔고 마지막으로 오후 5시쯤 한 주택 안으로 들어가는 모습이 목격됐다. 경찰은 국립과학수사연구원에 부검을 의뢰해 김씨의 정확한 사인을 규명할 예정이다.

2013. 05. 19.

비 젖은 소나무 아래
켜켜이 쌓인 낙엽 사이로
부러진 검지는
하늘 향해 고개 들렸다

그래,
늘어진 천 근 주검을 안고서는
멀리 못 가지
깊이 못 묻지
아무 곳에 아무렇게
부들부들
부슬부슬
낙엽도 뿌렸다마는,
비탈로 도망치면서도
되살아날까 두려워
연신 돌아보던
너.

여기
손톱 끝에 새겼다

〈원한은 등에 붙는다〉

몸도 못 가누는데… 정부는 '활동지원 불필요'

장애인 임시거주 시설 화재로 전신 화상을 입은 송국현(53) 씨는 3급 장애인이다. 송씨는 스스로 몸을 움직일 수 없다는 점에서 다른 1급 장애인 못지않게 '활동지원'이 필요한 상태다. 그러나 3급 장애인이라는 이유로 1·2급까지만 주어지는 활동지원을 받을 수 없다.

1급 장애인이라고 해서 모두 활동지원 서비스를 받을 수 있는 건 아니다. 보건복지부 자료를 보면, 2013년 말 기준으로 활동지원 서비스를 받을 자격이 되는 1·2급 장애인은 36만 4,507명이다. 이 가운데 활동지원을 실제로 받은 이들은 6만 435명(16%)에 불과하다.

1·2급 장애인도 활동지원을 받지 못하는 상황에서 3급 장애인인 송씨는 아예 지원 자격조차 없다. 송씨는 활동지원을 받을 수 있는 2급 이상으로 장애 등급을 올리기 위해 국민연금공단에 장애 판정 재심사를 신청했지만 '3급 장애인'을 벗어나지 못했다. 말도 제대로 못 하고 혼자서는 몸도 제대로 가누지 못하는 중증 장애인이지만 국민연금공단 기준에 따르면 '3급'인 것이다.

한겨레 2014. 04. 15.

애초부터 좋은 세상 같은 건
없었는지도 몰라

순진하게도 높고 두터운 장벽을
머리로 찧고 주먹으로 때리고
그러다가 피를 흘리고
가슴도 다치겠지만
마침내 벽은 뚫려
바랐던 세상을 만나리라는 믿음

하지만 가여운 미자 누나처럼
아무래도 그렇게만 끝날 것 같아서
괜히, 오지도 않은 날이 서럽다

사람들아,
목숨의 가치는 다 같은 거라지만
너무 작은 것들의 죽음은
도무지 슬퍼지지 않는 법 아니냐

지금은 그저 말 못 하는 짐승처럼
우리가, 우리를 위해 울어야 할 시간

〈작고 희미하고 울음이 나는〉

고민정 눈물 "남편 희귀병 앓고 있다"

고민정 아나운서가 친정부모도 몰랐던 남편의 희귀병에 대해 솔직하게 털어놨다. 고민정 아나운서는 "남편이 강직성척추염이라는 난치성 희귀병을 앓고 있다. 연애한 지 3년째 됐을 때 남편도 나도 처음 알게 됐다"고 운을 뗐다.

이어 "갈수록 척추가 굳어져 가는 병이다. 처음에 봤을 때 남편이 절룩거리다가 그다음에 만나면 목발을 잡고 있었다. 또 다음에 가면 휠체어를 타고 있고 그다음엔 침대에서 일어나지 못하더라. 이 사람을 하루라도 행복하게 살 수 있게 하자는 마음을 먹었다"며 눈물을 흘렸다.

2013. 06. 29.

굳어가는 뼈마디
사이사이에
국어사전에서 찾아낸
말랑한 단어만을
미끈거리는 눈물 적셔
잠든 사이 끼워 넣으면
눈 뜨자마자 아침상도 물리고
장맛비 쏟아지는 거리를
우산도 없이 뛰어갈 텐데
그러면 얼굴 한가운데에 제목처럼 떠 있을
근사한 미소를 가리켜
그이 대신 소리쳐 줄 텐데
여기, 시인이 있다고

〈시인과 그의 아내〉

새엄마 폭행, 소풍 가고 싶다던 여덟 살 딸 때려 숨지게 해

울산 울주경찰서는 29일 학교 소풍을 보내달라는 어린 딸을 때려 숨지게 한 계모 A씨(40)를 상해치사 혐의로 구속했다.

A씨는 지난 24일 자신의 집에서 딸 B양(8)의 머리와 가슴 등을 주먹과 발로 때려 숨지게 한 혐의를 받고 있다. 이날은 B양이 학교에서 부산 아쿠아리움으로 소풍을 가는 날이었다. 그러나 계모 A씨는 "딸이 돈 2천원을 가져가고도 가져간 적이 없다고 거짓말을 한다"는 이유로 아침부터 딸을 폭행했다고 경찰은 밝혔다. B양은 계모로부터 폭행을 당하던 중 "친구들과 함께 놀러 가고 싶다, 소풍은 보내달라"고 애원했지만, A씨는 "소풍 때문에 거짓말했다"는 이유로 오히려 폭력의 수위를 높였다. 결국 B양은 의식을 잃고 쓰러졌고 끝내 숨을 거뒀다.

경찰의 한 관계자는 "A씨는 수년 동안 주기적으로 B양을 폭행한 것으로 보인다"면서 "그런데도 B양은 성격이 밝고 학교생활도 잘해 누구도 폭행 사실을 알지 못했다"라고 말했다.

2013. 10. 29.

아름다운 이 세상
소풍이었노라고
어느 유명한 시인은
근사한 말을 남기고 갔는데

아니다.
아니고,
그늘진 풀잎 끝에
잠시 이슬처럼 맺혔다가
소풍 없이 떠난
그런 아이는 있었다.

가서 시인에게 말하여라.
사람이 사람 손에 스러지는
이런 세상은
그리 아름답지 않았노라고.

〈소풍〉

억새와 연인

17일 오후 서울 마포구 상암동 하늘공원에서 연인이 은빛 억새밭을 배경으로 사진을 찍고 있다. 서울시는 18일부터 27일까지 '제12회 서울억새축제'를 열고 오후 10시까지 개장한다.

연합뉴스 2013. 10. 17.

© 연합뉴스

모여 있을 때에 우리는 주목받는다
한데 모여 흔들리자
모여서, 굳이 풍향과 풍속을 설명하지 않아도
보는 것만으로 오한이 날 만큼
정직하게 흔들리자

아무것도 하지 말자
부러질 듯 허리가 휘어도
나는 너의 뒤에서
너는 나의 뒤에서
밀리지 않는 배경이다

태양은 서둘러 뒤편에 내려앉아라
네가 은빛 머리칼을 금빛으로 물들일 때
바람이 굵은 결로 불어온다 했다
카메라를 든 청년이 긴 머리 애인을 향해 셋을 세고 나면
우리의 씨앗을 떠나보낼 것이다

약속해다오
완벽한 구도 속을 날아가 머얼리 번지되
아주 흩어지진 않기로

〈억새와 연인〉

노인층 겨울철 '골절' 주의

겨울철 허리와 넓적다리뼈 등의 골절을 겪는 노인이 많아 주의가 요구된다. 건강보험심사평가원은 최근 5년간(2008~2012년)의 건강보험 심사결정자료를 이용해 골절에 대해 분석한 결과, 진료 인원이 2008년 약 187만 명에서 2012년 약 221만 명으로 34만(18.2%)가량 증가했다고 밝혔다. 연평균 증가율은 4.3%로 나타났다.

심평원은 "골절은 뼈가 잘 아물지 않는 노인층과 성장판 손상에 영향을 받는 성장기의 어린이·청소년에게 더 큰 문제로 작용한다"며 "겨울철에는 기온이 낮아지면서 유동량이 부족해 관절의 유연성이 떨어지고, 하체 근육이 감소하면서 경미한 충격에도 큰 부상을 입게 되는 경우가 많다"고 설명했다.

디지털타임스 2014. 02. 02.

오늘같이 길 미끄러운 날에는
산책을 삼가셨으면 좋겠는데
원하시면 조심조심
왼발 오른발
왼발 오른발

당신 말마따나
숱하게 돈 까부순
무릎 생각해서라도
왼발 오른발
왼발 오른발

막내가 사드린 털신
오래 신으시려거든
왼발 오른발
왼발 오른발

서리태만 했다가
수수만 했다가
들깨만 했다가
좁쌀만 했다가

아주 사라지실까 걱정되어

그만 가셔요
그만 오셔요
흔드는 손 아랑곳 않고
하천 너머로 가버리셨네

틀림없이 오실 때에도
당부대로
왼발 오른발
왼발 오른발

〈엄마의 산책〉

NYT기고문 "한국의 과도한 입시교육, 아동학대 수준"

한국에서 행해지고 있는 사설학원 중심의 과도한 입시교육을 비판하는 기고문이 미국 일간지 '뉴욕타임스'에 실렸다. 미국 예일대학교의 전 한국학 강사 구세웅 씨는 뉴욕타임스 1일자 인터넷판에서 "극성 엄마와 입시학원, 권위주의적 교사에 짓눌린 한국 교육이 성취지향적 학생들을 서열화시키고 있다"며 "아동학대에 이를 지경"이라고 비판했다.

'우리 아이들에 대한 공격'이라는 제목의 기고문에서 구씨는 "한국 학생들은 공부에 진지했지만, 눈빛은 죽어 있는 것 같다"면서 과열된 학부모와 거대한 사교육 산업으로 움직이는 시스템은 길게 갈 수 없다고 주장했다. 학생들이 신체적, 정신적 대가를 치르고 있다는 점에서 더더욱 그러하다고 지적하며 "이런 시스템이 조속히 개혁되고 구조가 바뀌어야 한다"고 말했다.

2014. 08. 03.

나비도 아니면서
허공에 몸을 띄우는 아이들

아래로
아래로

세상은 까마득히 높아
결정을 하기까지 오랜 시간이 걸렸지만
누구도 낌새를 알아채지 못한다

나무도 아니면서
시키는 대로 꼼짝 않던 아이들은
반딧불이 정도면 족한데
이만하면 된 것도 같은데
죽건 말건 어른들은
이 정도로는 어림없고

아래로
아래로

인생은 결국 혼자라고
아이들은 마지막으로 늙은이 같은 말을 남긴 것 같은데

뚝, 하고
울음은 거기에서 그쳐진다

〈나비〉

노을빛이 참 아름답다

사방 천지가 노을빛이다. 노을은 어느새 금강의 모두를 점령해버렸다. 어느 화가가 이 아름다운 풍경을 그려낼 수 있으랴! 자연이 빚어내는 아름다움이 그저 놀라울 따름이다.

2013. 10. 08.

© 임재만

하루살이에게도
해 저무는 세계는
얼마나 아름다운가
황금빛 수의를 입는 이 시간만큼은
열 번의 죽음도
기꺼울 피날레

숨넘어가기 직전
섬광처럼 밝아오는 망자의 의식처럼
나는 내 지나온 한나절을
또렷이 회상하고서야
긴 어둠에 들 것이다

후회나 원망 같은 건 웃어넘길 일
그래도 나를 미워했던 이들은
생각나지 않기를 바라며
오직
사랑했던 사람들
사랑했던 사람들

〈일몰〉

혹한 속 난방비 아끼려 보일러 끄고 자던 70대 숨져

한파가 지속되는 가운데 70대 노인이 난방비를 절약하기 위해 보일러를 끄고 자다 숨져 주위를 안타깝게 하고 있다. 경찰에 따르면 지난 3일 오후 4시쯤 광주시 동구 산수동 A씨(79, 여)의 주택에서 A씨가 숨진 채 발견됐다.

A씨는 발견 당시 약하게 켜진 전기장판에 누운 채 숨져 있었으며, 아들이 기름을 가득 채워놓은 보일러는 가동되지 않은 상태였다. 평소 자식들에게 부담을 주면 안 된다고 생각해온 A씨는 난방비를 아끼기 위해 보일러 가동을 마다하고 전기요금이 걱정돼 전기장판도 약하게 틀어놓고 잠을 청했다. 경찰은 A씨가 저체온증으로 사망한 것으로 보고 정확한 사망 경위를 조사하고 있다.

2013. 01. 04.

좋아서
너무 좋아서
술도 한잔하면서

더워서
너무 더워서
스무 명이나 얼어 죽은 1월에
보일러는 놔두고 반소매 차림으로
창문 열어 목덜미를 식혔다

미워서
너무 미워서 목덜미를 때리는 바람의 손바닥이
매울수록 나는 좋았다
하지만 이건 아닌데
감사하고
미안하고
그래도 모자란 건데

다 아는 얘긴데

〈아는 얘기〉

노화의 3대 비밀을 풀다, 사람은 왜 늙는가?

막대 모양의 염색체 양쪽 끝에 있는 DNA인 텔로미어는 세포가 분열할 때마다 길이가 조금씩 짧아진다. 이 텔로미어의 남은 길이는 개체의 수명을 예측하는 중요한 지표로 활용할 수 있다. 과학자들은 텔로미어의 남은 길이가 수명과 연관이 있다면 인위적으로 텔로미어 길이를 연장시키면 수명이 연장되는지 동물실험을 진행했다. 그 결과 생쥐를 대상으로 하는 실험에서 텔로미어를 길게 해주는 효소(텔로머라아제)의 발현을 증가시키자 실제로 생쥐 수명이 늘어났다.

그렇다면 사람에게도 가능한가? 이론상 가능하지만 아직 넘어야 할 문제가 많다. 과학자들은 줄기세포나 암세포가 아닌 정상 세포에서 텔로머라아제의 활성을 증가시키는 물질이나 약물을 개발함으로써 노화 과정을 늦추고, 수명도 연장시키는 방안에 대해 연구하고 있다. 만약 이 연구가 결실을 거둔다면 인간은 그야말로 불로장생의 꿈을 달성할 수 있을지 모른다.

2014. 07. 28.

움켜쥐기엔

삶은 너무 뜨겁다

아프다

어디서 살 타는 냄새가 난다

〈삶이 세월 속을 미끄러질 때〉

하늘, 구름 그리고 새들

파란 하늘, 흰 구름은 흘러가는 요술쟁이. 자유롭게 날아다니는 새들의 친구.

포토친구 2014. 12. 11.

© 행복화

일에 치여
머문 줄도 몰랐던 벗들이여
해드릴 것은 없고
아무래도 올 한 해
나보다 훌륭했을 당신들을 위해
산을 넘기까지 오래도록
우러러보리다
떠나시는 그대로
따스한 날에 고스란히 오소서

〈배웅〉

잉꼬부부, 알고 보니 유치원 때 한 사진에 포착

미국 플로리다 주에 사는 제이슨과 제시카 로즈 부부. 35세 동갑내기로 10년째 행복한 결혼생활을 하고 있는 이들은 플로리다 대학 신입생 때 처음 만났다. 같은 지역 출신에 기숙사까지 같았던 두 사람은 곧 캠퍼스 커플로 발전했고 18개월 후 우연히 앨범을 보던 중 두 사람이 유치원 시절 같은 사진에 찍혀 있었다는 사실을 발견했다.

남편 제이슨은 "어린 시절 일이라 사진 촬영 당시의 어떤 기억도 남아 있지 않다"면서 "우리가 과거에 만난 적이 있다는 사실에 크게 놀랐다"며 웃었다. 이후 두 사람은 서로 운명적인 관계임을 직감하고 1년 후 약혼했으며 대학 졸업 후 결혼해 현재에 이르고 있다.

제이슨은 "이 사진은 우리가 함께할 운명임을 의미하는 증거 같은 것"이라면서 "서로의 인생 궤도가 멀리 떨어진 적도 있었지만 지금은 '제자리'로 돌아와 너무나 행복하다"고 말했다.

서울신문 2014. 08. 17.

보도블록에

엎드려 귀를 대자

멀리서

그 사람 오는 소리 들린다

〈인연을 기다리며〉

숨 막히는 쪽방촌의 여름, '찜통' 방에서 폭염 견딘다

창문도 없는 성냥갑 같은 집에서 잔인한 여름을 나야 하는 쪽방촌 주민들. 화려한 쇼핑몰을 맞대고 있는 영등포역 뒤쪽에 한두 평짜리 방들이 다닥다닥 붙어 있는 쪽방촌이 있다. 내리쬐는 여름 햇살에 달아오른 슬레이트 지붕 온도는 56도, 골목길은 50도가 넘는다. 햇살도 비껴가는 듯 대낮에도 어스레한 쪽방촌에 전깃줄처럼 얽히고설킨 사연들을 가진 사람들이 물 한 바가지와 처마 밑 그늘을 위안 삼아 힘겹게 여름을 맞고 있다.

MBC 2014. 07. 11.

죽은 것은 상자에 갇힌다
문은 꽝꽝 잠기고

죽은 것과
죽어가는 것들이
모여서
무슨 전통처럼
작은 상자를 벗어나지 못한다

더운 말은 입 밖에도 내지 말자
라면을 끓이는 동안에도
냉면만을 생각하자
명이 다한 어금니를 짜르르 울리는
아, 살얼음

열대야에도 근면한 죽음은
무궁화 꽃을 피우는 아이들처럼
감쪽같이 다가와 선다

오라
간담이나 서늘하게

〈쪽방촌의 여름〉

오늘 소한, 1년 중 가장 추운 날 "감기 조심하세요"

6일인 오늘은 소한小寒이다. 소한은 24절기 가운데 스물세 번째 절기로 작은 추위라는 뜻이다. 소한은 양력 1월 5일 무렵이며, 음력으로는 12월에 해당된다. 태양이 황경黃經 285도의 위치에 있을 때이다.

절기의 이름으로 보면 소한 다음 절기인 대한大寒 때 가장 추워야 하지만, 실제 우리나라에서는 소한 무렵인 약 1월 15일 정도가 가장 추운 날이다. 이와 관련해 '대한이 소한이 집에 놀러 갔다 얼어 죽는다'라는 속담이 있을 정도이다.

2015. 01. 06.

오늘같이 추운 날
당신 감기에 걸리지 않았다면
당신의 몸은 오늘도 최선을 다한 것이다
당신의 키 작은 구성원들은
당신이 잠든 동안에도 쉬지를 않나니
지친 당신 기운을 내라
당신 안의 모든 것들은
당신이 잘되기만을 바라고 있지 않은가

〈소한〉

'눈이 오네'

전국에 눈 또는 비가 내리고 경기 남부 지역엔 대설특보가 내려진 9일 오전 경기 용인시 기흥구 구갈동에 눈이 내리고 있다.

뉴시스 2014. 03. 09.

© 뉴시스

내린다는 말보다
온다는 말이 좋다

너도 눈처럼
마냥 오기만 하여라

〈눈이 오네〉

'자식 상대 소송하느니' 70대 老母 안타까운 사연

서울 허름한 주택에서 홀로 사는 김씨(73) 할머니는 지난달 수면제 7알을 먹고 세상을 등지려 했다. 다행히 할머니는 이틀 뒤 잠에서 깨어났다. 2년 전 건강 문제로 청소부 일을 그만두면서 살 길이 막막해져 극단적인 선택을 한 것. 40년도 더 전에 헤어진 두 아들과 딸 한 명을 상대로 부양료 청구소송을 하면 숨통이 트이겠지만, 자신의 손으로 키워내지 못했다는 죄책감에 차라리 죽음을 택하려 했다는 게 할머니의 한탄이었다.

할머니는 기초생활보장 수급자가 아닌 차상위 계층이다. 미국에 산다는 언니가 한때 자신의 명의로 예금을 들어놨던 기록과 자녀가 셋이나 된다는 이유로 기초생활보장 수급자로 선정되지 못했다. 할머니가 매달 받는 돈은 기초노령연금 9만 4천여 원이 전부다. 전기료와 병원비를 빼면 쌀을 살 돈조차 남지 않는다.

지난 2월 세상을 떠들썩하게 했던 '세 모녀 자살 사건'을 계기로 취약 계층에 대한 관심이 높아졌지만 여전히 김 할머니처럼 '복지 사각지대'에서 도움의 손길을 애타게 기다리는 이들이 적지 않다.

연합뉴스 2014. 04. 06.

봄날에는 떠나지 말자
어린 순경 코 찌르지 않게
동짓날 새벽에 떠나자
더웠던 양
홑이불 제쳐놓고
창문 활짝 열어놓고
보일러에는 열흘 치 기름을 남겨놓자
노인네, 돈 때문에 그런 것은 아닌 듯하게

머리맡 일기장에는
살 만큼 살았다는 양
복에 겨운 푸념을,
제일 뒷장에는
복지사 미안해하지 않게
천상병의 귀천을
그러나 쓰다 말자
꼭 떠나려던 것은 아닌 듯하게

그런대로 세상 살 만했던 양
새끼들 욕먹지 않게

〈벼랑에서〉

故 송지선 아나운서 3주기… 애도 물결

故 송지선 아나운서 3주기를 맞아 SNS에 많은 애도 글이 올라왔다. 5월 23일은 송 아나운서가 스스로 생을 마감한 지 3년째 되는 날이다. 故 송지선 아나운서는 프로야구 하이라이트 프로그램 MBC 스포츠플러스 '베이스볼 투나잇 야'를 진행하며 '야구여신'으로 큰 인기를 얻었다. 하지만 자신을 둘러싼 루머와 오해, 악플 등에 시달리다 2011년 5월 23일 서울 서초구의 자택에서 투신자살해 많은 이들을 안타깝게 했다.

2014. 05. 23.

다 놓아버리기로 한 것이다
별도리가 없었던 것이다
이제 남은 일은
수습되지 않은 뼛조각 몇 개
살점 몇 덩이를 일으켜
소문내고 재판하고 조롱한 너희를
한 명 한 명 찾아가는 것이다
또각또각 거슬리는 소릴 흘리며
밤거리
비상계단
복도를 지나
너의 집 현관문을
귀신같이 찾아낼 테다
너는 땀에 젖은 얼굴로 화들짝 깨어나서는
거참, 재수 없는 꿈이었다며
히죽히죽 담배를 꼬나문 채
괜히 현관문을 열어젖힐 것이고
비로소 증오로 부라린
허연 눈을 만나게 될 것이다
삯을 치러야 할 것이다

〈삯〉

유시민이 쓴 '노무현 추모시'… '대답하지 못한 질문'

유시민 전 보건복지부 장관이 고 노무현 전 대통령을 향한 추모시 '대답하지 못한 질문'을 공개했다.

유 전 장관은 추모시에서 "원칙과 상식이 통하는 나라 / 특권과 반칙이 없는 세상을 만들 수 있을까 / 그런 시대가 와도 거기 노무현은 없을 것 같은데 / (중략) / 2002년 뜨거웠던 여름 마포경찰서 뒷골목 / 퇴락한 6층 건물 옥탑방에서 그가 물었을 때 난 대답했지 / 노무현의 시대가 오기만 한다면야 거기 노무현이 없다 한들 어떻겠습니까. / 솔직한 말이 아니었어…"라고 노 전 대통령을 추억했다.

2013. 05. 07.

한낮에
따스한 바람이 불었고
눈 뜨인 우리는
봄이 온 거라 믿었어
그러나 그를 흙 밖으로 밀어내고
뒤따라 나온 지 6일째 되던 날 밤에
우리는 그와 함께
얼어 죽었던 거야

자연의 순리에 반하는,
그래서 아름다운 비정상의 소망
민주주읜가 뭔가를
그깟 이름 같은 건 상관없이
다만 평등했으면 하는 세상을
얼마나 더 기다려야 하는 걸까

아직은 아닌가
아직도 아닌가

〈오지 않은 봄〉

엄친아 죽음으로 내모는 '1등 콤플렉스'

지난달 경북 지역 명문 자율형사립고에 다니던 권모 군(고2)은 아파트에서 뛰어내려 스스로 목숨을 끊었다. 전교 1등이던 그는 학교폭력을 당한 적도 우울증 증세도 없었다. 그는 유서에 이렇게 썼다. "머리가 심장을 갉아먹는데 더 이상 못 버티겠어요." 경찰은 성적 경쟁으로 인한 스트레스를 자살 사유로 추정했다.

2년 전 스스로 몸에 불을 지른 고교생은 항상 1등이라 주변의 부러움을 샀다. 그는 분신 직전 주변에 이렇게 말한 걸로 알려졌다. "부모님이 나를 보살펴주는 것에 비해 내가 하는 일이 너무 없어."

교육연구정보원의 이유진 전문상담원은 "요즘 아이들은 스트레스를 꾹꾹 눌러 담는다. 특히 꽉 짜인 스케줄에 둘러싸인 모범생은 스트레스를 풀 곳도, 푸는 방법도 몰라 더 문제"라고 말했다.

동아일보 2013. 04. 10.

일 등급 고삼겹살을 접시로 내올 때에
비명은 담지 않았습니다
다소 불쾌한 전류의 저릿함도
담지 않았습니다
거꾸로 매달려 쏟은 선지도
담지 않았습니다
적당히 피를 머금어 때깔 좋은 그것에
농장에서 나던 날 밤의 멋모르는 평온함만을
고스란히 담아냈습니다
그러니 세상이여, 너무 미안해하지 마십시오
이들은 아직 사람이 아닌걸요
맛있게 드십시오
둘이 먹다
하나는 죽을 것이고
우리는 모르는 일입니다

〈사육〉

62세 치매 아내 10년째 웃음으로 돌보는 박종팔 씨

10년째 알츠하이머 아내를 돌보는 박종팔(69) 씨. 아내 이봉순(62) 씨를 지극정성으로 간병하는 그는 "자식들이 다 나가고 시골집에 둘이 살다 보니 무엇보다 외롭지 않게 해주고 싶었다"고 했다. 집 근처 텃밭에서 일할 때도 항상 아내와 함께였다. 박씨가 "빨간 고추 따봐요", "녹색 고추 따봐요" 하면 아내 이씨가 그 말을 듣고 고추를 땄다. "콩 따봐요", "팥 따봐요" 하면 그 말에 따라 콩과 팥을 땄다. 치매 환자인 아내의 몸을 움직이게 하면서 인지 기능 훈련을 시키기에 제격이었다.

아내는 가끔 "빨간색?"이라고 되묻고서 녹색 고추를 따거나, 콩과 팥을 딴 후에 섞어버리기도 했다. 하지만 박씨는 화를 내지 않았다.

"처음엔 잘못한 학생 혼내듯 했는데, 하루는 아내가 '당신 말을 이해했으면 내가 왜 그렇게 했겠느냐. 모르니까 다른 걸 따지'라고 하면서 서럽게 울더라고… 마음이 철렁했지. 그다음부턴 칭찬만 했어."

박씨는 아내를 보살피면서 터득한 '치매 환자와 함께 잘 사는 법'의 핵심이 바로 '칭찬'이라고 했다. 박씨는 "화를 내고 소리를 지를수록 나는 지치고 아내는 위축됐다"며 "'잘한다', '예쁘다' 같은 칭찬을 많이 해주면서 서로 마음이 편안해지고 웃는 일도 많아졌다"고 했다.

조선일보 2013. 06. 10.

좋을 대로 부르세요
콩이라시면 콩이고
팥이라시면 팥인 거지요
아들 이름 생각나지 않을 때는
당신이 좋아하는 물고기 이름을 붙여주면 되고요
딸 이름이 생각나지 않을 때는
당신이 좋아하는 꽃 이름을 붙여주면 되지요
내 얼굴마저 기억나지 않는 날에는
못 이기는 척
내미는 손 잡아주면 기쁘겠고요
오후에는 바리바리 싸 들고 소풍 나가서
매운 콩은 고추장 찍어 먹고
아삭한 팥으로 쌈 싸 먹으며
너무 늦게 사랑하는 법을 배운 한 남자의 이야기를
찬찬히 들려줄까 합니다

〈당신을 위하여〉

우리 사랑이 영화처럼 낭만적이지만은 않듯 이별도 뒤끝 있는 이별이 대부분이다. 팟캐스트 '남자를 말해주마, 순정마초' 진행자 박영진 씨는 지난 사랑을 잊는 가장 좋은 방법으로 "담담하게 받아들일 것"을 추천한다. 그러나 당장 내 마음속에 차오르는 슬픔과 상실은 어쩔 것인가. 심리상담가 이승욱 씨는 쿨한 이별은 없다고 말한다. "헤어지면 아픈 게 정상이다. 어느 정도 시간이 지나야 회복하고 다른 사람과 새로운 관계를 맺을 수 있는 자신감을 찾는 것, 그게 건강한 거다."

캐나다 토론토 대학교 마리 루티 교수는 책 '하버드 사랑학 수업'에서 이별 뒤 우리가 떠나간 사람의 부정적 특성을 내면화했는지, 긍정적 유산을 받았는지를 따져보자고 충고한다. "우리는 자신에게 고통을 허용해야 합니다. 연인은 우리의 삶에 들어올 때뿐만 아니라 떠날 때도 우리를 변화시킨다는 사실을 받아들여야 합니다."

2013. 10. 31.

헤어질 때에는
아쉬움을 남기지 말자
외출하는 주부처럼 쓸쓸한 창문을 닫고
뚝뚝 떨구던 것도
이제 그만 잠그자

혹여 잊은 말은 없는지
우산 돌려주듯 챙겨주고 돌아설 때에
어디서 마른바람이 불어와
선명한 추억이 몇 장
가로수 길에 떨어지면
망설이지 말고
멀어져 가는 그이 뒷주머니에
슬며시 넣어 보내자

그러고도 오랫동안 아프겠지만
서두르지 않는 이별이
아픔은 덜하다
그렇다고 치자

〈이별 요령〉

'부부의 날' 노부부의 행복 웃음 '할멈, 시원하지?'

5월 21일은 '부부의 날'이다. 가정의 달인 5월에 둘(2)이 하나(1)가 된다는 뜻이 담긴 부부의 날. 부부관계의 소중함을 일깨우고 화목한 가정을 일궈가자는 취지로 제정되었다.

유난히 늦더위가 기승을 부리는 가운데 경북 상주시 외서면 우산리의 한 농가 마당에서 고추와 옥수수를 따는 밭일을 마치고 집으로 돌아와 서로 등목을 해주며 더위를 식히는 노부부의 사랑이 정겹다.

포토친구 2013. 05. 21.

©박경근

칠십 평생을
몸으로만 살다 가신 아버지
왜소한 등짝 위에 염전을 차리셨는지
집에 돌아오면
몸에 맺힌 소금을
한 웅큼쯤 털어내곤 하셨죠
그래 봤자
어머니 마음을 얻지 못하셨으니
덧없습니다
그런 어머니가 요새
눈 밑에 작은 염전을 일구기 시작하셨어요

〈염전〉

'잔혹 동시' 논란 10세 소녀 "시는 시일 뿐"

잔혹 동시 논란을 빚은 '학원 가기 싫은 날' 등 30여 편의 시가 담긴 시집 '솔로강아지'를 펴낸 이모(10) 양이 입을 열었다.

"어린이들이 어른들보다 더 무서운 생각을 하면 안 되는 건 아니지 않느냐"며 "그런 생각을 할 수도 있고, 시는 시일 뿐인데 진짜라고 받아들인 어른들이 많아 잔인하다고 하는 것 같다"고 말했다.

실제로 시집에 수록된 다른 시는 작품성이 뛰어나다는 평을 듣고 있다. 시 '솔로강아지'의 "외로움이 납작하다"는 구절은 네티즌들 사이에서 "문학성이 뛰어난 시구"라는 평을 받으며 화제가 됐다.

2015. 05. 11.

너의 비상구는
조금 전에 닫혔다
풍문에 실려 온 모래가
틈새를 메워버렸다

압력을 이기지 못한 앳된 마음에서
출혈이 있었던 모양인데
이를 본 다 큰 애들이
가장 먼저 까무러쳤다
질문에 대한 이해보다
화살이 빨랐다

지혈은 계획에도 없고
있지도 않은 수염을 쓸어내리며
훈계의 목청을 높였나니
눈물은 어여쁘게요!
비명은 깜찍하게요!

〈아무것도 모르면서〉

겨울이 무서운 사람들

서울 아침 기온이 영하 6도를 기록한 28일 서울 종로구 종로 3가 지하철역 계단에서 노숙자가 차가운 겨울바람을 피해 쪽잠을 청하고 있다. 기상청은 29일까지 이 같은 날씨가 이어지다 주말부터 예년 기온을 회복하면서 추위가 점차 누그러질 것으로 예보했다.

2013. 11. 28.

지난날처럼 엉거주춤
산 것도 죽은 것도 아닌 처지로
자유구역도 금지구역도 아닌 곳에서
전 재산으로도 살 수 없는 비싼 세상을
눈곱만큼 빌렸다.
계단으로 이뤄진 세상을 높이 올라본 적 없는 당신은
땅속으로 꺼진 세 쪽 계단이
차라리 맘 편할 수 있겠다.
모자를 깊이 쓴 까닭이야
오가며 쇠락의 이유를 묻는 눈빛의 주인들에게
이도 저도 아니게 좋난 인생을
설명하기 어려워서지만
알게 뭔가.
현재 기온은 영하 6도.
오늘 밤은 이보다 추울 것이고
여름날에 꾸어둔 괜한 꿈들은
꼼짝없이 얼어 죽겠지?

〈계단왕국의 겨울〉

디자인서울 사업, 시각장애인의 길을 빼앗다

서울시가 깨끗하고 아름다운 거리를 꾸미겠다며 실시하는 거리조성 사업이 시각장애인의 보행권을 위협하고 있다.

서울시는 2007년부터 시내 30곳, 총 37km 구간에 있는 인도, 전봇대, 가로가판대, 휴지통을 교체했다. 이 과정에서 인도에 깔려 있던 시각장애인을 위한 노란색 점자 유도 블록이 검은색의 밋밋한 블록으로 바뀌었다.

시각장애인이 걸을 때 발바닥이나 지팡이의 촉감으로 위치나 방향을 알 수 있도록 돕는 울퉁불퉁한 모양이 사라지고, 일반 블록과 질감만 다른 밋밋한 블록으로 바뀐 것이다. 뿐만 아니라 약시력자들이 분별하기 쉬운 노란색이 사라지고 명도가 낮아 약시력자들의 눈에 웅덩이가 파인 것처럼 보이는 검정색으로 바뀐 것이다.

취재 당시 1급 시각장애인 한모 씨가 '장애 없는 보도 디자인 가이드라인' 때문에 점자 유도 블록이 끊긴 한 거리에서 어디로 갈지 방향을 잡지 못한 채 길 한복판에 서 있었다.

경향신문 2012. 09. 20.

노오란 요철 끊긴 데에서
까만 안경은 길을 잃었다.
촉수 같은 지팡이로 허공을 더듬다가
좌판 벌인 노점상의 생계를 엎었다.
병신 육갑 욕을 먹어도
피할 길 없는 그는 별수 없는 장님.
불 꺼진 밤에도 춤추고 고기 굽는
그만의 반듯한 집이 저어기 있는데
길 끊는 사람 누구냐.
서럽게 하는 사람 누구냐.

〈조난〉

"외로운 노년생활"… 65세 노인 5명 중 1명은 '독거노인'

서울에 사는 65세 이상 어르신의 20%가 혼자 사는 '독거노인'인 것으로 조사됐다. 서울연구원이 11일 펴낸 인포그래픽스 '서울에 혼자 사는 어르신은 얼마나 되나' 보고서에 따르면, 2012년 기준 서울시 독거노인 수는 24만 명으로 65세 이상 어르신 5명 중 1명은 혼자 살고 있다. 2002년보다 2.6배 증가했다. 사별한 독거노인 비율은 줄어든 반면 별거나 이혼, 미혼 등에 따른 독거노인 비율은 증가했다.

2014. 08. 11.

사랑도 신과 같아서
증명하지 못하면
의심받게 되어 있다

무시로 전화를 걸자
식사하셨느냐고
별일 없으시냐고

〈안부전화〉

지구 생명체, 외계에서 왔다

인간의 몸무게에서 65%를 차지하는 물, 인체를 구성하는 원소의 66%를 차지하는 산소, 그리고 뼈와 DNA를 만드는 필수 성분인 인(P). 최근 이들이 태양이 생성되기도 전에 처음 만들어졌다거나 태양계 바깥의 외계에서 기원했다는 연구가 속속 발표되면서 지구 생명체의 외계 기원설이 힘을 얻고 있다.

2014. 10. 06.

그랬구나
그래서 사람들은
어떻게든 세상을 떠나갔구나

이제는 설레는 맘으로 밤을 지새워도 되겠다
소박한 술상을 옥상에 차려놓고
총총히 빛나는 고향별을
내내 올려다보면서

술 떨어지고 이슬 젖을 즈음엔
가물가물한 고향 풍경도
조금은 기억나겠지

특근 없는 주말 밤엔 큰 대 자로 몸을 뉘고
쏟아지는 고향 소식을 빠짐없이 수신하자
행여 귀환 명령을 놓치는 낭패는
없어야 하니까

떠나기까지 당분간
머무는 별에 정을 붙이기로 하면서

〈객지에서〉

겨울 바다

추위가 계속된 25일 오후 인천대교가 바라보이는 인천시 중구 영종도 바닷가에 얼음이 덮여 있다.

연합뉴스 2012. 01. 25.

봄 지나고
항암치료 끝나면
난생처음 부자지간에
망둥이 낚시를 가기로 했는데
까다로운 당신 성격에
즐거웠을지 알 수 없으나
다 끝이 났습니다
끝나버렸습니다

여쭙건대 지키지 못할 약속임을
그때 이미 아셨습니까
이제 바다는 녹아야 할 이유가 없습니다
영영 얼어
만조의 선창가에 홀로 낚싯대 드리우는
늙은 사내들을 만나지 않았으면 합니다

행여 바다 다시 녹아
망둥이며 숭어를 맨손으로 건져 올리는
꿈같은 날이 오더라도,
다 끝난걸요

〈겨울 바다〉

바늘구멍에 낙타 7마리… 초미세 조각가 화제

'바늘구멍에 낙타 들어가기만큼 힘들다'는 얘기를 무색하게 만든 조각가가 있어 화제다. 영국 '데일리메일'은 11일 러시아 모스크바 출신의 초미세 조각가 니콜라이 알두닌(56)에 대해 보도했다.

그의 작품은 눈으로 식별할 수 없는 작은 크기다. 바늘구멍 안에 낙타 7마리와 나뭇잎의 형태까지 살린 나무 3그루를 조각했다. 또한 3mm에 불과한 벼룩의 등 위에 안장을 만들어 씌우기도 했으며 사과 씨앗보다 작은 탱크, 바퀴살까지 조각된 자전거 등을 제작해 놀라움을 자아냈다.

니콜라이 알두닌은 벼룩에게 발굽을 만들어줬다는 내용의 러시아 전래동화에서 영감을 얻어 초소형 조각을 하게 됐다고 밝혔다.

헤럴드경제 2013. 01. 12.

까짓것
부자들 잘만 들어가는
바늘귀 너머의
좋다 하는 세상에
우리도 한번 가보자.
배웅 없이 죽은
김씨, 최씨, 허씨, 박씨
미라는 낙타 등에
단단히 매어 싣고
궁상맞은 미련도
원한다면 가져가자.
개미 뒤꿈치만큼 쪼그라든
우리네 가난뱅이들에겐
바늘구멍도 넉넉할 테니까

〈충분한 자격〉

때 잊은 4월의 눈보라

강풍과 함께 눈발이 날린 10일 오후 서울 종로구 경복궁을 찾은 시민들이 눈보라를 피해 처마 밑으로 이동하고 있다. 기상청은 중부지방을 중심으로 11일까지 눈이나 비가 간간이 이어질 것으로 내다봤다.

2013. 04. 10.

객기 부리는 꽃샘추위를
단단히 잡아두었다가
가장 쌀쌀맞은 한 놈을
한여름날 고물상 가는 노파의 어깨에
망토 삼아 걸쳐드려야지

리어카를 미는 척
남은 몇 놈은 폐지 틈에 끼워 보내되
어리숙하게 들통이 나서
착한 그녀의 요구르트를 축내는 일은
되도록 없어야겠다

열대야에도 오한을 느껴
문밖에 내놓으시면
조선소 박씨에게 몇 놈
미장이 최씨에게 몇 놈
부쳐주면 될 일이다

잡으러 가자 꽃샘추위
오월이 오기 전에

〈꽃샘〉

별 헤는 밤

별이 비처럼 쏟아지는 밤.

포토친구 2014. 10. 29.

©주기중

별을 찾는 소년아
너의 어리석은 등불을 꺼라

이제 별이 환하다

〈소년에게〉

인공기도 이식받은 두 살 소녀를 위하여

해나는 태어날 때부터 선천성 기도 무형성증이라는 희귀병을 앓고 있었다. 기도가 없이 태어나 숨을 쉴 수 없으므로 대부분 분만과 동시에 사망하는 병이지만 해나는 기적적으로 살아났다. 그리고 마침내 생후 32개월 만에 인공기도를 이식받았다.

해나는 지난달 7일 미국 일리노이 주 어린이병원에서 자신의 줄기세포로 만든 인공기도 이식수술을 받았다. 인공기도 이식으로는 세계 최연소 기록이다. 수술을 집도한 스웨덴 카롤린스카 연구소의 파올로 마키아리니 박사는 "아이가 9시간에 걸친 대수술을 무사히 마치고 현재 빠르게 회복 중"이라고 밝혔다.

2013. 05. 02.

달콤한 케이크

톡 쏘는 샴페인

아직은 얼굴을 알 수 없는 아무개의 청혼에

또박또박 화답하고

긴 호흡으로 입 맞출 수 있게 된

작은 가마우지 앞날에 축복을

〈작은 가마우지에게〉

해나 장례식장 사진 공개 "웃는 모습 보니 다시 먹먹"

MBC '휴먼다큐 사랑-해나의 기적' 편을 연출한 유해진 PD는 7월 11일 자신의 블로그에 해나 장례식 소식을 전했다.

유해진 PD는 "어제 치러진 해나의 장례식에 참석하셨던 분께서 사진 몇 장을 올려주셨습니다"라며 해나의 장례식장 사진을 공개했다. 그는 "예쁘게 웃고 있는 해나 사진들을 보니 가슴이 다시 먹먹해지지만 해나 어머니와 약속한 대로 해나에게 웃는 얼굴만 보여주려고 합니다"라고 덧붙였다.

선천성 기도 무형성증으로 태어날 때부터 기도가 없이 식도에 튜브를 꽂아 호흡해온 해나는 35개월의 짧은 생을 마치고 세상을 떠났다. 해나의 삶은 짧았지만 많은 사람들에게 뜨거운 감동을 줬다.

2013. 07. 12.

비보를 듣고서
울컥 올라오는 것이
너처럼 목에서 걸렸다

어부로부터 도망친 새끼 가마우지의 자유를 떠올리며
축하한 날이 엊그제인데
어찌해볼 도리 없는 지금에 와서는
떠났다는 말로나마
위안 삼아야겠다

도착할 곳이 있다는 그 말.
아주 이별은 아닐 거라는
비록 먼 약속을 생각해낸 최초의 사람에게
감사해야겠다

못해도 며칠 동안은
닫힌 이후로 한 번 열린 적 없는
내 견고한 무신론의 뒷문을
잠시 열어놓으며

안녕, 해나

〈해나를 보내며〉

"점프하다 잘못 떨어져 죽은 돌고래도 있다"

제주 퍼시픽랜드에서 일했던 직원 ㄱ씨는 "남방큰돌고래 어미가 천장에 달린 볼을 터치하려고 뛰었어요. 그런데 도약 지점을 잘못 잡은 거예요. 바로 아래 새끼가 있었고 어미는 본능적으로 새끼를 피했어요. 하필 떨어진 곳이 공연장 무대 시멘트 바닥이었어요"라고 2004년께 벌어진 사고에 대해 말했다. 어미는 얼마 되지 않아 새끼를 두고 세상을 떠났다.

현재 퍼시픽랜드엔 남방큰돌고래 7마리가 살고 있다. 그중 6마리는 2009~2010년 사이 제주 앞바다에서 잡힌 개체들이다.

제주 바다에서 불법 포획한 돌고래는 일정 기간 격리 수용된다. 죽은 생선을 받아먹지 않기 때문에 맨 처음 며칠은 강제로 먹인다. ㄱ씨는 "공연하느라 피곤하고, 죽은 생선을 먹기 때문에, 매일 사람이 먹는 게브랄티(간장약)와 아스크로빈산(비타민제)을 준다"며 "심지어 어미 돌고래 옹포는 새끼를 낳고 이튿날 공연에 투입됐다"고 말했다.

야생 방사가 현실성이 없다는 주장과는 달리 퍼시픽랜드는 돌고래를 두 차례 제주 앞바다에 풀어준 적이 있는 것으로 드러났다. ㄱ씨가 말했다. "희망이가 쇼를 할 수 없을 정도로 힘들어해 바다에 나가서 희망이를 풀어줬죠. 몇 번 쳐다보더니 뒤도 안 돌아보고 잘 가더라고요. 그때 처음으로 희망이가 자유로워 보였어요. 지금 있는 애들도 야생 방사하면 충분히 성공할 수 있을 거라고 봐요."

한겨레 2012. 03. 02.

배고픔에 장사 없지
길들여질밖에

자유를 가두는 일이란
짐승보다 짐승다워야 하나니
양심은 없고
까닭은 돈이다

아느냐
너희만은 흙에서 온 줄로 믿겠지만
모든 목숨은 바다로부터 왔다

혹여 놓아줄 때에는
염려하지 마라
자유의 날에는
원망할 겨를이 없으니

〈갇힌 것은 소리 내어 운다〉

남방큰돌고래 '제돌이', '춘삼이' 자유 찾았다

불법 포획돼 서울과 제주의 수족관에서 공연에 동원됐던 국제보호종 남방큰돌고래 '제돌이'와 '춘삼이'가 18일 제주시 구좌읍 김녕 앞바다의 야생 적응 훈련용 가두리에서 방류돼 고향 바다로 돌아갔다.

2009년 서귀포시와 제주시 연안에서 불법 포획돼 만 4년이 넘도록 억류됐다가 각각 1,540일, 1,487일 만에 자유를 찾은 것이다.

2013. 07. 18.

돌아보지 말 것.
섭섭한 마음 들거든
낯익은 얼굴 앞을 두어 번 선회할 것.
바다에는 벽이 없으니
서남쪽으로 한 시간쯤 내달려
맺힌 응어리를 풀어줄 것.
흰긴수염고래, 바다거북, 해마, 문어
새우를 만나면 그처럼 허리 숙여 인사 나눌 것.
칼날 같은 프로펠러와
작살 겨눈 채 까끌한 말씨 쓰는
이국의 뱃사람을 조심할 것.
둥근 부표를 조심할 것.
그것은 조련사의 공이 아닐뿐더러
수면 아래에는 그물이 함정처럼 숨어 있고
횡재하는 어부의 그물이란
합법적인 실수가 잦은 법.
사랑만 할 것.
돌아오지 말 것.

〈당부〉

겨울 재촉하는 가을비

전국적으로 가을비가 내리는 가운데 낙엽 사이로 빗방울이 떨어지고 있다. 기상청은 오후에 비가 그친 뒤 밤부터는 찬바람이 불면서 차츰 추워지겠다고 예보했다.

2012. 11. 11.

© 연합뉴스

입동을 갓 넘긴 오늘
종말의 전조 같은
비가 내린다
나이 탓인지 모르겠으나
젖은 낙엽에
잠깐 사이 감상에 젖었다가
잠깐 사이 걱정이 들었다

올겨울은 또 얼마나 추울까

한편으론 평온해지는 것이
아무래도 나는
저무는 일에 익숙해졌나 보다
그도 아니라면
기분 탓을 해야 할지
어떨지

꿋꿋한 것은 세월뿐이다

〈입동〉

컨테이너에 살던 40대 숨진 지 일주일 만에 발견

24일 전남 영암군 교동리의 한 컨테이너에서 최모(43) 씨가 숨진 지 일주일여 만에 발견됐다. 최근 최씨의 모습이 보이지 않는다는 마을 주민들의 신고로 출동한 경찰은 컨테이너 안에 숨져 있는 최씨를 발견했다. 평소 컨테이너에서 홀로 사는 최씨는 췌장암과 지병을 앓고 있었던 것으로 알려졌다.

경찰은 현장 감식 결과 최씨가 숨진 지 일주일 정도 지난 것으로 추정하고 있다. 경찰은 별다른 외상이 없는 점으로 보아 지병을 앓는 최씨가 홀로 고독사한 것으로 보고 정확한 사건 경위를 조사하고 있다.

2012. 12. 24.

큰 눈 내리던 그 밤에
문밖에 고라니 한 마리 지나갔고
고양이 한 마리 지나갔고
다리 저는 구면舊面의 개는
얼어붙은 문틈에 더운 오줌을 뿌리고 갔다

반가운 흔적은 눈에 덮여 사라졌고
검침원조차 찾지 않는 이곳을
눈인사나 주고받던 마을 촌로만이
밤마다 걱정하셨나 보다

오는 동안 순경은
짐작했을 것이다
컨테이너에 실린 그대로
죽었던 봄꽃이 어김없이 되살아오곤 하는
그런 곳 아닌 곳으로
한 발 먼저 떠나갔을 줄

〈나는 배웅 없이 떠났네〉

사고로 눈 속 조난당한 주인 목숨 구한 개

스키를 타다 큰 부상을 입은 주인을 구한 개의 사연이 잔잔한 감동을 주고 있다. 지난달 2일 미국 콜로라도에 위치한 로키 산에서 자신의 애완견 '주노' 및 동료들과 산악스키 여행을 온 레오나드 소머스는 스키를 타다 바위에 부딪쳐 굴러떨어졌다.

척추에 심한 부상을 입은 소머스는 몸을 움직일 수도 소리를 지를 수조차도 없었다. 꼼짝없이 죽을 위기에 놓였던 그를 구한 것은 바로 애완견 주노. 주노는 주인의 사고를 눈치채고 달려와 주인의 옷을 물어 눈 속에서 끄집어내기 시작했고, 그 곁에 무려 45분간 누워 자신의 체온을 전달했다.

소머스는 주노에게 사람들을 불러오라고 말했고, 주노는 자리를 박차고 달려가 사람들을 불러왔다. 소머스는 "더욱 놀라운 것은 주노는 사람을 구하는 훈련을 받은 적이 없다"면서 "앞으로 다시 일어나 걸을 수 있을지는 모르겠지만 주노 덕분에 내가 살아 있는 것만은 확실하다"며 웃었다.

서울신문 2013. 12. 26.

꽃밭도 싫고
상도 싫으니
훗날 가는 세상에
눈에 익은 개 한 마리
있었으면 좋겠다

이제는 줄에 매이지 않는 목을
가만히 다가와 안기는,
예전처럼 콧김 뜨겁고
아무것도 모르는

〈나의 친애하는 벗〉

하루 벌어 하루 사는 어느 일용직 노동자의 절규

16일 저녁 강원 춘천시 송암동 강원체육고등학교 신축공사장 옥상(높이 15m)에서 일용직 노동자가 밀린 임금을 지급해달라며 야간 시위를 벌이고 있다.

연합뉴스 2012. 08. 16.

© 연합뉴스

사는 건 때때로
차암 못 할 짓

내 돈을 주오

힘없는 가장 노릇
차암 못 할 짓

내 돈을 주오

어서 집에 가야 하는데
면목 없는 얼굴은
해와 함께 떨어져
캄캄하기만 하고
실낱같은 기대마저
막잔에 꿀꺽 삼켜버렸으니
이를 어쩌면 좋은가

그 돈 아니어도 죽지 않을 사장님
내 돈을 주오

〈체불〉

“내게 팬티를 사준 남자, 이근안에게…”

‘고문 기술자’ 이근안에게 물고문을 당한 전직 기자의 글이 화제다. 페미니스트 웹진 ‘이프’의 공동대표인 유숙열 씨는 17일 ‘내게 팬티를 사준 남자, 이근안에게…’라는 편지글을 올려 합동통신 2년차 기자로 일하던 1980년 7월 17일 남영동 치안본부 대공분실로 끌려가 물고문을 당했다고 밝혔다.

2012. 01. 19.

그는 지금
서늘한 반공 정육점
칠성판 도마 위에 묶인
대퇴골보다 단단한 신념으로부터
원하는 대답만을
재주껏 발라낼 참이다
모범적인 교사처럼
꼼꼼하고 차근하게 준비를 마친 뒤
무고한 얼굴에 수건 덮고 물 붓는 것으로
일말의 희망을 간단히 끝장냈다
거의 넘어간 숨 끄트머릴 기막히게 낚아챈 그는
새어나간 숨이 두둑이 차오르길 기다리며
큰아들 중간고사를 걱정하고
물가를 걱정하고
보통 사람처럼 라디오에 귀 기울였다
노래가 끝날 때면
나른한 아나운서는
청취자의 사랑싸움을 걱정했다

〈고문 기술자에 관한 추억〉

서울에서 대규모 '세월호 추모' 집회 열려

토요일인 17일 서울 도심에서 세월호 사고 희생자를 추모하는 대규모 집회와 행진이 잇따라 열린다. 민주노총과 참여연대 등 500여 개 시민단체들로 구성된 '세월호 참사 대응 각계 원탁회의'는 이날 오후 6시부터 청계 광장에서 '세월호 참사 추모 5.17 범국민 촛불행동' 집회를 연다. 주최 측은 참가 인원을 1만 명으로 신고했지만, 유동인구 등을 포함하면 3만 명 이상이 모여 세월호 사고 이후 가장 큰 규모의 집회가 될 것으로 예상하고 있다.

2014. 05. 17.

나는 염세주의자인데
지독하게
겁도 많은데
광장행 버스를 타겠다

방석 대신
소설이 빼곡한 신문지를
아스팔트 위에 깔고 앉아서
세상 바닥이야 으레 차가웠으니
그러려니 하겠다

요구하겠다. 듣든 말든
미치도록 하고 싶던 말을
물론, 소리치기에 앞서
살아만 있던 입은 오늘부로 죽이고
성층권에서만 배회하던 머리도
뚝, 떼어 버리고

주먹을 쥐고서
고개를 들면서

〈집을 나서며〉

눈물 닦는 이상호 기자

제19회 부산국제영화제 출품작인 다큐멘터리 영화 '다이빙벨' 첫 상영 및 관객과의 대화가 10월 6일 부산광역시 해운대구 CGV센텀시티 5관에서 진행됐다.

이날 이상호 감독이 눈물을 닦고 있다. 한국 사회 최악의 비극적인 사고 '4.16 세월호 침몰 사건'의 진실 규명을 위한 첫 다큐멘터리 '다이빙벨'은 탑승 476명, 탈출 172명, 사망 294명, 실종 10명을 기록, 사상 최대의 인재로 손꼽히는 4.16 세월호 침몰 사건의 진실 규명을 위한 첫 작품이다.

2014. 10. 06.

우리는 안다
눈물의 유속이 사리만큼 빠르다는 것을

사람이라면 안다
백칠십 여일째
물속에서 수제비처럼 풀어지는
친근했던 얼굴과
살가웠던 손을 떠올리면
열 걸음도 못 가 주저앉으리라는 것을

아니냐?

그러니 일상은 일상대로
가든 말든 놓아두되
우리만은
배가 출항했던 그날의 부두를 떠나지 말고
도통 이해되지 않는 일들과
수상한 사람들에 관하여 생각하자

〈부두에 생각을 매며〉

'세월호 인양 촉구' 3보1배 순례단 "잊지 말아달라"

세월호 선체 인양과 진상 규명을 촉구하며 진도 팽목항부터 3보1배에 나선 단원고 2학년 故 이승현 군의 아버지 이호진(56) 씨와 딸 아름(26) 씨가 13일 오후 3시35분께 광화문 광장에 도착했다.

지난 2월 23일 진도 팽목항에서 시작해 500km가 넘는 길을 지나온 지 112일 만이다.

이호진 씨는 "세월호 사고가 일어난 지 햇수로 2년째에 접어들었지만 무엇 하나 밝혀진 것이 없다"며 "세월호는 아직 시작도 안 됐다. 세월호가 인양되고 아이들을 구하지 못하게 한 최종명령권자의 처벌에서부터 세월호 문제가 비로소 시작된다"고 말했다.

2015. 06. 13.

가만히 앉아 있는데
목이 메는 밤

가만히 앉아 있는데
억수 같은 비가 쏟아지는 밤

가만-히
앉아만 있었는데

나는 아무것도,
하지를 않는데

〈하지 않는 일〉

매미 소리의 비밀, 종류에 따라 소리도 달라

여름의 정취를 더해주는 매미 소리. 그러나 사방에서 떼로 울어대는 한여름에는 이런 소음이 없다. 국립생물자원관은 30일 토종 매미 울음소리를 수집해 분석한 '한국의 매미 소리 도감'을 발간했다. 수록된 토종 매미는 12종으로 털매미, 늦털매미, 말매미, 참깽깽매미, 유지매미, 참매미, 애매미, 쓰름매미, 소요산매미, 세모배매미, 호좀매미, 풀매미 등이다. 토종 매미는 보통 5월부터 나타나기 시작해 11월까지 관찰된다. 이른 새벽 아파트나 주택가에서 귀 따갑게 울려 퍼지는 '소음 공해' 주범으로는 토종 매미 중 참매미와 말매미 두 종이 지목됐다.

2014. 07. 31.

세상도 맴맴 돌아
제자리로 와버렸다
진화한 것은 욕망뿐

십칠 년 매미 같은 아이들이
어떻게 죽었는지
매미, 너도 알 필요가 있다

아직도 뭍을 밟지 못한 아이들을 생각하면서
양보해다오
사람이 울 차례다

〈매미에게〉

손끝 가는 대로, 함부로

익숙한 것들에게

용광로 청년의 연말

그날 밤, 그러니까
이천십 년 십이월 삼십일 일이었다
내년까지는 삼 분 남짓 남았고
거리는 희망으로 들떠 있었다
조금 더 부자돼야지
조금 더 성공해야지
한 해 굵직한 사건을 정리한 10대 뉴스에
청년의 죽음은 언급되지 않았는데,
새해에는 좋은 것만 생각하자며
지난 달력 떼어내듯 쉬이 잊는 건 아닌지
어머니는 지레 서러운 눈물을 쏟았다
"궁상맞게스리…"
눈 흘기며 베란다로 나간 칠순의 아버지는
착해 빠진,
참 더럽게 착해 빠진 도시를 굽어보며
불 없는 담배를 어금니에 물었다
안간힘을 썼다
"별수 있나, 산 사람은 살아야지."
그렇기로서니 기억을, 아픔을
우리들의 과실을 모르는 척

미래를 도모할 수 있을까?

행복할 수 있을까?

내 알 바 아니라는 듯

아나운서의 카운트다운이 7옥타브를 향해 열을 냈다

오… 사… 삼… 이… 일!

직전에 아버지 눈물보가 터졌다

늦둥이네 가족은 그렇게 새벽까지 울었는데,

2년 동안 운 셈이다

퇴근

시내 대형마트에서 파견직 판매원으로
악다구니 쓰듯 삼 년을 일했다.
가난이 주는 불편함
미래의 배고픔으로부터 벗어나야 했다.
하지만 발이 부르터라 달음질을 쳐도
나아지지 않는 살림살이와
너무 밀어져 버린 꿈은
악몽이 된 지 오래다.
시장경제다.
자본주의다.
좋다, 백만 원이라도 받겠다.
문득 바닥을 보인 쌀통과
부실한 밥상 군말 없이 받던 막내 생각에
그놈의 코가 또다시 시큰해졌다.
밤 열두 시,
아쉬운 대로 십 킬로짜리 최저가 쌀을 골라
비정규직 캐셔에게 계산을 마치고
비정규직 운전수의 버스를 타고
비정규직 작가의 라디오를 듣고
비정규직 경비에게 인사를 하고

비정규직이 만든 엘리베이터에서
오늘은 이혼 얘기 꺼내지 않기로 마음먹었다.
큰애가 좋아하는 피자집 전단지가
현관 문틈에 아프게 끼어 있다.
이것은 또 누가 만들었단 말인가!
문이 열리자 어질러진 방에 뒹굴던 막내가
엄마, 하고 달려와 안긴다
그래,
너는 비정규직의 자식이다.

친구를 화장하고

괴로운 마음에 죽도록 마신 나는
그래도 출근은 해야겠기에
집으로 걸어가는 길
호시탐탐 튀어 오르는 아스팔트길의 도발을
씨팔, 하고 밟아준 다음 골목길 들어서는데
모퉁이에 건들거리며 서 있던 전봇대 녀석이
시뻐 내리느다 빙심힌 니를
아리랑치기다! 하고 젖은 빰 후려치길래
텔레비전에서 본 대로 와락, 클린치를 한 다음
잘못했지? 물으니, 잘못했습니다! 해서
친구 놈 죽은 것도 잊은 채
노글노글해진 무릎으로
삼바춤이었던가
차차차였던가
아, 비는 어찌 그리 내리던지

오지

깊은 산속에 살게 된다면
우리 조금 못나도 된다
못나도 너무 못나
도시에서는 외면당하고
상처받았었다 할지라도
깊은 산속에서는 문제 되지 않는다
너를 판단할 사람
오직 나뿐이고
나를 판단할 사람
오직 너뿐이기에
일 년쯤 지나면
심마니 한 명 지나지 않는 그곳에서는
도무지 네가 잘난 애였는지
못난 애였는지 가물가물해지고
비교해볼 만한 누구 하나 없는 탓에
선택의 여지 없는 우리로서는
별수 없이 사랑하게 되어 있다
사랑밖에 할 것 없는
그 깊은 산속에서는

어떤 날

너의 얼굴 잊혀간다는 것이
눈물 날 만큼 두려웠다
첫 키스 나누었던
카페 겨울나그네
그날 밤 우리는 무얼 했던가
손잡고 지하상가를 걸었던가
어쨌든 그 시절엔
마르지 않는 샘물처럼
사랑도 그러하리라 믿었기에
길 위에 조금 흘린다 해도 아까울 리 없었다

이제는 아득해졌다
어떤 날엔 안주 없이 독한 술을 들이켜고
꼴사나운 자해를 했는데
그러면 까맣게 잊었던 사소한 추억이
비질비질 상처로부터 흘렀다
그랬었지, 하고 씁쓸한 미소로 잔을 들다가도
행여 잊혀질까 두려워
오른쪽 넓적다리뼈에 깊은 음각으로 새겼다
그러나 우리의 마지막 날에 이르러서는

가슴 치며 무너졌다
비틀거리며 자정의 천변에 불을 지르고
성당 문을 걷어차며 신을 모독했다

돌아오는 재개발 주택가 골목길.
나는 엄습한 부끄러움에 빰을 치고
희뿌연 허공에 부탁하듯 다짐했다
술 깨는 아침에는
지난밤 아무 일 없던 것으로 하자고.

누이에게로

산까지 오 분 거리.
잡혀선 안 돼.
막아선 소방대원 아저씨는
우리 누이 좋아하는 홍시 색깔 옷을 입었다.
덮쳐 온 그물에 코를 찢기고
쇠몽둥이에 척추가 으스러지고
깨진 거울 속 피 칠갑한 짐승을 보고서야
비로소 자비 없는 세상임을 깨닫는다.
사냥개 떨쳐내며 단내 나게 달린다.
산 입구엔 어제 없던 재개발 펜스.
당황한 둔부에 꽂히는 묵직한 마취.
용수철 같은 야성은 콘크리트 바닥에 전복되고
흐물대는 다리는 허공을 달음질쳐보지만
부러진 발굽 사이로 절망만이 솟구치고
그럼에도 콧구멍은 삶의 의지 씩씩 뿜어대는데
아가리는 누이를 목 놓아 부르는데
'글렀네.'
작년에 엄마를 쏜 늙은 엽사가
방아쇠에 검지를 건다.

단풍 소식

물드는 것이 어디 단풍뿐이랴
가을 산엔 제 몸보다 무거운 땔감을
형벌처럼 지고 내려오는 백발노인이 산다
형광색 옷차림의 당신은
산행 두어 시간 만에 마주친 그가
반갑기도 하겠거니와
못 본 척 지나치기도 뭣한 마음에
인심 좋게 길섶으로 비켜서서는
땀에 젖은 허연 얼굴을 훔치며
낭만의 계절이라는 둥
공기 좋은 곳에 사셔서 정정하시다는 둥
심지어 보잘것없을 올해 소출 걱정까지
말끝마다 선생님 선생님 붙여가며
서울 사람 특유의 유들유들한 말투로 인사를 건네고 싶겠지만,
내년에도 단풍은 든다

가파른 토끼길로 접어든 노인은
겨우살이 걱정이다

꽃과 영삼이와 개암나무

아버지가 마음껏 주먹을 휘두르던 밤
발작 같은 소란 속에서 나는 꽃을 떠올렸다
무덥던 한낮의 개울가에서 발가벗고 까불던
영삼이 놈을 떠올렸다
누나 손에 붙들려 맨발로 도망쳐 나온
서사국민학교 정문 앞에서
서어기, 무심하게 볼 거지 않는
선생 사택 옆 개암나무를 떠올렸다

돌아오지 않으면 죽이겠다는 고함에도
꽃과 영삼이와 개암나무는 돌아보지 않았다
아픈 삼차원으로부터의 탈출로
시야는 흐려지고 귀는 아득해졌으며
감각을 알 수 없는 다리는
부드러이 허공을 휘저어 나아갔다
그럴수록 꽃은 더 선명해졌고
영삼이는 더 크게 웃었고
개암은 더 고소해졌다
진공의 밤하늘엔
누구의 울음소리도 들리지 않았다

노숙인 대피소

그는 마치 사냥감이 멸종된 빙하기의 포식자처럼
하릴없이 역전을 어슬렁거리다가도
해 저물면 얼지 않으려 어둑한 동굴로 찾아들었다
더듬더듬 자리를 잡은 후에는
신발 벗어 가지런히 놓는 것으로 나름의 예를 차려보지만
코를 찌르는 악취에 누구 하나 살갑게 다가오는 이 없었다

저어쪽에 누군가가
내년에는 일자리를 얻고 우울증도 치료하겠노라는
작심삼일의 각오를 떠들자,
매일 아침 넥타이를 매고 역전을 오가는 의욕들의 정체가
또다시 미궁에 빠져버렸다

에라이,
벌러덩 눕다가 찌릿해오는 어깻죽지 종기를 만지며
'결국 지느러미가 나려는 게지,
이렇게 퇴화하다가는 영영 바다로 돌아가고 말 테지' 하면서도
끝내 꿈꾸는 잠을 청하지는 않았다

남은 날들을 위하여

입맛을 돋우어야지
뭐라도 먹어야지
오늘은 번화가로 나가
햄버거를 사 먹고
영화를 보고
커피숍 창가에 앉아
오가는 청춘들을 오래도록 구경해야지
모처럼 하늘이 죽여주게 푸르르다면
어울리는 청바지를 사는 것도
나쁘지는 않겠다

점심을 마치면 등산을 해야지
어디로 갈지는 침을 뱉어 결정하고
등산로 초입부터 괴성을 질러
다람쥐를 놀라게 해보자
중턱에 못미처 힘이 부치면
정상 따윈 미련 없이
다음으로 미루자

산어귀 주점에 들러서는

막걸리를 마시고
소주를 마시고
맥주를 마시고
소란스러운 산악회 무리에게
시비를 거는 건 어떨까

유치장에서 풀려나면
막걸리를 마시고
소주를 마시고
맥주를 마시고
모르는 번호로 전화를 걸어
아버지가 잘못된 것이
꼭 내 탓만은 아니라고 설득해봐야지

오늘 밤에는 깊은 잠에 들 것이다
꿈에 다시 당신을 뵈더라도
울지 말아야지
살아 있는 척해야지

사당동에서

술을 샀습니다
나만큼 가난한 후배에게
한턱을 냈습니다
오래전부터 그는
곱창을 노래했었습니다

나오는 길에 세신대 앞에서
더치페이 하자는 그를 나무라며
승강이를 벌였습니다
간신히 버스에 태워 보냈지만
혹여 잠이 들어 정류장을 지나치면 어쩌나
술 취한 그가 염려됩니다

어쨌든 녀석의 주린 지갑이
당분간은 안전해진 셈이니
걱정을 덜어낸 내 마음도
당분간은 안전해진 셈입니다

겨울나기

노파가
이구아나 체온만큼 데워진 방의
보일러를 껐습니다

추위 타는 손녀의
손등을 때렸습니다

아깝다고
닳는다고

두 목숨이
밤새 닳았습니다

복날

웃으면 복이 온다던
배우지 못한 떠돌이 개의 농담을
곧이곧대로 믿지 마라
그 복은 그 복이 아니다
그러니 만 원, 이만 원, 삼만 원,
침 발라 가며 개 값 확인하는 주인 앞에서
소리 치지 말 것이다
물론 둔하기 짝이 없는 너는
살기등등한 개장수에게 목덜미를 잡혀
강철 우리에 갇히고 나서야
비릿한 침 냄새와 무참히 뒹구는 황색 털 뭉치로부터
엊그제 사라진 옆집 떠버리의 최후를
직감하게 될 것이다
그깟 푼돈에 기른 정을 쉬이 팔 수 있는 것이더이까 하는
원망 같은 신음은 그래서 부질없다

이런데도 너는
오토바이 매연을 좇으려는 것인지
작별 인사를 하려는 것인지
양심에 직사하는 태양 빛이 따가운 것인지

웃는 듯 찡그린 얼굴로
찡그린 듯 우는 얼굴로 손 흔드는 주인 양반 모습에 그만
살아오리라는 낙관론자가 되어가지고서는
줄에 매인 후로 한 번 본 적 없는
제 살던 누추한 집과 마을 전경을
바삐 눈에 새긴다마는
여하튼 보신에 좋다 하는 낭설로 냄비에 담길 내일 오후가
그나마 기막히게 화창한 날이라면야
그것도 복은 복이겠거니,
하는 수밖에

이별

우리가 어떻게 사랑했는지
별은 안다
북극성을 기준으로 나누겠다
오른쪽은 네 것
왼쪽은 내 것으로 한다
은하수는 네가 갖는다
너에게는 나눌 친구가 많으니.

다소 손해 보는 기분이 없지 않으나
이것으로 공평하게 나누자던 약속
지킨 것으로 한다

보고 싶어도 전화하기 없기다
죽을 것 같아도 찾아가기 없기다
두 쪽 난 하늘 한편에서
제 몫의 넉넉한 별을 세며
늙어 죽기로 한 약속
두말 않기다

계획으로부터

먹고살기 힘들다
살기 힘들다
애라도 낳지 말걸
아이 엄마 젖은 말라가는데
분유 값은 오르고
기저귀 값도 올랐다
대학까지는 가르칠 수 있을지
집은 살 수 있을지

고민이 깊어지는 사이
현장에서 다친 등짝을
마누라 눈치가 아프게 훑는다
애꿎은 재떨이가 담배빵을 먹었다

신이 말했다
너는 자손을 낳았고
그것으로 임무를 다했다
우주는 별일 없다
계획대로 되었다

쪽방촌의 겨울

누구나 가난하여
본의 아니게 평등한 이곳은
찬 공기가 고여 드는 빈민의 분지

힘겹게 숨 들이쉰 폐병쟁이는
한 평 남짓한 쪽방 공기를
벌이 없이 축내는 것이 미안하여
폐에 스미기도 전에
마신 것에 얼마를 얹어
밭은기침으로 토해냈다

누구나 지병이 있어
건강 또한 평등한 이곳에서는
이웃을 탓하는 대신 팔자를 탓하고
세상을 원망하는 대신
혹시 모를 전생의 죄를
곰곰이 떠올려볼 뿐이다

자유를 찾아서

지옥으로 떠난 머리가
오래도록 돌아오질 않고 있습니다
질퍽한 현실 속에
퉁퉁 불은 발을 남겨둔 채
무어 그리 즐거운지
무어 그리 새로운지
여태껏 속고 살았더라는 말만
가끔 전해올 뿐
가슴은 울타리에 걸려
이러지도 저러지도 못하니
아무래도 발이 먼저 죽어
머리를 찾으러 가야 할 듯합니다
천국엘요?
에이, 재미없는 소리 마쇼

속없는 위로

초저녁부터 쌓인 눈이
백설기처럼 두툼합니다.
널찍한 넉가래로 떠 담아
유서 깊은 가난 꾹꾹 쟁여놓은 쪽방 문 열고
한 덩이씩 넣어드리고 싶습니다.
김 한 올 오르지 않는 냉랭한 그것이지만
군것질거리 떨어지고 말동무마저 떠나버린
소설책 백 권짜리 팔자 드센 칠십 평생을
입안의 숯불처럼 삭이셨으니
할머니요,
멋대로 구는 틀니로도
거뜬히 녹여 드실 수 있겠지요?

사견

별이 반짝이는 이유는
외자라서다.

빛의 모서리를 매끄럽게 하는
받침 'ㄹ' 때문이다.

그렇게 믿겠다.

익숙한 것들에게

사방에 어둠이 고이더니
금세 발목까지 차올랐네요
황금빛으로 과열됐던 아파트 서쪽 벽이
감귤빛으로 가라앉다가
낮은 채도로 사그라지는 것을 바라보면서
이제 나도 가라앉을 시간이 되었다고 생각했습니다
꼼짝없이 잠영하다가
눈 떠진 아침에는
언제나처럼 안부 인사를 건넬 겁니다
벵골고무나무야 안녕
장미허브야 안녕
고물 컴퓨터야 안녕
커피포트야 안녕
대답을 재촉하진 않을 생각이에요
어둠이 채 마르지 않은 서쪽 벽의 여운은
아직 푸르스름하고
졸리고
축축할 테니까요

계단 오르기

우리 분명히 하자
나는 윗 上
너는 아래 下
분하다 생각 마라
툭 까놓고 너나 나나
가운데 中 같은 건 추구한 적 없었다
너 또한 나처럼
윗 上을 숭앙하고 아래 下를 멸시했다
윗 上의 날은 더디 올 뿐
반드시 도래하리라 믿는 너에게
얼마간의 치욕쯤은 기꺼이 견딜 만한 것이었기를 바라며
그랬다면 일단 감사의 말을 전한다
그날이 올는지는 귀신이라도 알 턱이 없겠지만
까짓거 너에게만은 온다 치고,
그렇더라도 우리
이것만은 분명히 해두자
지금 나는 윗 上
지금 너는 아래 下
행운을 빈다

복권

걸려 봐
걸리기만 해봐
주상복합 로열층을 몽땅 사들이고
오전에만 다섯 끼니를 해치운 다음
엘리베이터 대신 짐꾼 등에 업혀
굳이 계단을 오르내릴 테다
오후에는 회식 팁때 거질한 인심 박힌 편의짐엘 칫이기
운 나쁘게 교대한 아르바이트생 얼굴에
고급 담배 열댓 보루를 집어던지고는
그 길로 잘 빠진 아우디를 뽑아 타고
짱깨라며 멸시하던 고급 빌라 경비 영감 앞을
한 시간쯤 들락거려야지
돌아오는 길엔 고급 바로 이름난
어느 스카이라운지 창가에 자리를 잡고
빌어먹을 길 건너 대학병원을 내려다보며
값비싼 양주를 실신할 만큼 퍼마실 테다
씨팔 석 달 전에, 가난이 어떻고 미래가 어떻고 하는
일리 있는 말로
칠 년이나 사귄 나를 용케 설득하고 떠나가서는
그런대로 봐줄 만했던 얼굴을

듣기로는 신분 상승 한답시고
예금 헐고 적금 깨서 돌팔이에게 맡겼다가
식물인간 되었다는 너의 중환자실을 찾아가
그래, 소원대로 콩알만 해진 얼굴과
칼등 같아진 콧날과 감기지 않는 쌍꺼풀 위에
술김에 인출한 오만 원권 천 장을
눈물 대신 뿌려주겠다
이년아 눈을 떠라
돈이 왔다

친구

놀러 나온 두 소년이 발맞추어 걸었다
부축하듯 서로 어깨를 엮는 것으로
한나절의 운명을 엮었다
서늘한 오솔길은 이내 끝나고
집 나올 적 기대감과 파릇한 우정은
펄펄 끓는 개활지 앞에 단단히 시험 들었다

소년들은 나아갔고
짧지 않은 길 위에는 개구리며 살무사가
병사의 죽음처럼 타 죽었다
절름발이네 논둑길을 지날 때쯤엔
땀 젖은 실루엣 하나가 잠시 휘청인 듯도 한데,
누구도 먼저 어깨를 풀지 않았다

길은 오랜만에 찾아온 이들에게
멀어지는 심술을 부리곤 하지만
넋조차 녹이는 도가니 속일지라도
작은 보폭이나마 멈추지만 않는다면
길 끝 너머 좋은 세상
만날 수 있겠지

머얼리, 신작로 끄트머리에

이국의 도시가 아른거리고 있었다

천식

정류장 아래로
농로 따라 십여 분

멀리 뵈는 고향집 화단에
알록달록 몸뻬 차림으로
웅크려 앉아 계신 어머니

김을 매시나
냉이꽃을 보시나

놀래주려 잰걸음에 가보니
키가 작은
영산홍, 자산홍

서운하여 바라본 창문 틈새로
새어 나온 앓는 기척이
반갑기만 한
나는 나쁘다

콩밭에서

시골집 나지막한 뒷산에
여린 잎 풍성한 나뭇가지들이
흡사 수초처럼 바람에 흔들렸습니다
아직 태풍은커녕 장마조차 겪지 않은
어린 것이었음에도
소리로는 제법
쓸쓸한 가을을 흉내 내고 있었습니다

표현할 방법도 없고
사전에도 없는 그 소리를
아아, 나는요
삽질을 멈추고
새 울음을 멈추고
우주를 멈추고
비석처럼 가만히 듣고 섰다가,
느낄 수 있음에 앞서
들을 수 있음을 먼저
감사하지 않을 수 없었습니다
그때 허락 없이 해가 산을 넘어갔습니다

술 약속

우리 만나면 괴로운 얘기는 하지 말자
돈 얘기, 직장 얘기, 애 키우는 얘기

그런 얘기 말고 예를 들어
톱스타 A와 B의 밀애에 관한 얘기
둘이 먹다 둘 다 죽은
중국 요리 비법에 관한 얘기

여행 얘기라면 더욱 좋겠다
호수와 하늘이 뒤집힌 곳에서
독한 술로 밤새 피를 돌려도
숙취가 없더라는 얘기

직립하는 고라니와 날개 달린 멧돼지가 빨간 배추를 심고
비처럼 쏟아지는 별 한 모금에
오팔 홍채와 은빛 피부를 갖게 됐더라는 얘기

구질구질한 원망과 후회를 사구처럼 쌓고도
모래 한 알만큼도 되가져 올 수 없어 천만다행이더라는
말하자면 그런 얘기

환삼덩굴

가지 말라고

함께 살자고

낮술

너그러워지는 시간입니다
늦었지만
당신은 좋은 분이었을 거라 믿겠습니다
본래 나쁜 사람이었다고는
생각지 않겠습니다

사, 한 산 두시고

그러므로 오늘 이 자리를 빌려
당신을 용서하고자 합니다

아직은 이른 시간
창밖의 행인들 얼굴이 얼마나 온화한지,
발치에 사선으로 떨어지는 두 시의 햇빛은
또 얼마나 몽환적인지,
비 그친 가을 하늘과
식당 앞에 고인 빗물의 수면에서
잘게 부서지는 빛의 아름다움에 관하여는
설명드리지 않겠습니다

다만 최후의 심판관이 되어
밥풀 흘린 일까지도 용서하고 싶은 시간입니다

생각이 술을 이기지 못하고 주제로부터 이탈한 사이
느릿하게 몸 흔드는
길 건너 가로수의 관능을 보았습니다
이만하면 됐습니다

자, 한 잔 받으시고

부러 당신을 몰라뵌 시간
부디 나타나
저를 용서하셔야겠습니다

느림에 대하여

갈 사람은 가라.

가고,

남은 우리는 천천히 가자.

그렇게 우리는

월요일이 서둘러 갈 수 있게

길을 터줄 수 있어야 한다.

화요일 점심 먹는 동안에는

주말이여 서둘러 오라.

너에게 긴히 할 말이 있다.

가을의 진행을

무르익은 이쯤에서 늦추어 보자거나

가령 지지 않는 코스모스와

내려앉지 않는 잠자리와

휘어지지 않는 억새와

적당히 물든 산과

아, 겨울이 오면 끝이겠지만

하는 식의.

그것이 올 때

빈 소주병에 수저 꽂고 흔들면
짤그랑짤그랑 신이 왔다.
시는 그렇게 왔다.
신은 얼큰한 은총을 내렸고
시는 뭉클한 의미를 내렸다.
그러니까, 오후의 햇빛은 지나치게 서글펐으므로
은행나무 잎으로 정제되어야 했는데
어떤 빛은 잎을 통과했고
어떤 빛은 신께로 돌아갔다.
바람에 흔들린 나뭇잎 사이로
국수 다발 같은 빛줄기가
욕지거리 질척한 토사물 위로 쏟아졌는데,
빛이란 그런 식으로 낭비돼선 안 되는 것이기에
나는 흰자위가 붉어지는 것을 감수하면서까지
시린 눈을 감지 않았다.
빛이 동공 속으로 빨려 들어가는 동안에도
행인 몇이 건전한 눈빛을 쏘아 교란을 시도하였으나
해는 이미 서산 꼭대기 팔각정을 넘어섰고
마지막 빛이 망막에 닿는 순간 눈꺼풀이 닫혔고
나는 제목이 떠올랐다.

영생의 비책

입버릇처럼 말씀하셨지요
새끼들 때문에 죽지 못해 사신다고 말이에요

이제는 제 차례입니다
저도 어머니 때문에 죽지 못해 살겠습니다

그러면 빚지는 걸 죽기보다 싫어하는 어머니는
또 저 때문에 죽지 못해 사실 테지요?

이러다 보면 우리는 영원히 죽지 않을 거란 말입니다
어때요, 어머니

하산

거기에 있어라
내려오면 안 된다
산 아래 세상은 늘상 화가 나 있고
밟히며 사는 이들조차
너는 죽어도 싸다 말했다
노파를 해친 것은 네가 아니요
배추밭을 망친 것도 네가 아니나
코가 닮았으니 너는 죽어야 한다

들어라
도시에는 몸을 숨길 만한 덤불이 없고
발포를 명령한 이는
하소연 듣는 말귀가 어둡다
그의 소파는 지나치게 안락하고
약자의 신음에 둔감하며
너의 사정을 알 만한 유일한 이는
너를 쏘기로 되어 있다
이유는 묻지 마라
산 아래 세상에서 익숙한 일들을

오뎅을 대하는 자세

오늘같이 추운 밤
오뎅을 먹으려거든
먼저 두 손을 배꼽 위에 가지런히 모으자.
허리를 세우고
찬 공기 속을 오르는 영혼의 궤적을 따라
같은 속도로 시선을 이동해보자.
그네들 죽음에 관한 개별적인 사연은
한데 뒤엉켜 조명받지 못했다.

포장마차 지붕에서 흩어지는 작은 입자들에 대하여
눈인사로 배웅을 마쳤다면
이번에는 지긋이 눈 내리깔고
짙게 우러난 진심의 심연을 바라보자.
진심은 비중이 큰 탓에 고스란히 가라앉는데
이런 때에는 국자로 정중히 저어
컵에 가득 떠 담으면 되는 것이다.

평생을 바다에 살고도 바다에 물든 적 없고
우는 모습조차 목격된 적이 없으나
창에 꿰인 몸 하나를 간장에 적시어보면

비로소 참았던 눈물이 짜다.
그러니 국물을 들이켤 때에는
작은 목숨이라 쉬이 생각 말고
조심 또 조심하자.
그네들 체온이 살았을 적보다 뜨겁다.

반성

욕을 뱉자.
누워서
아무것도 하지 않으면서
한 사발 가래처럼 찐득거리며
기분 나쁘게 축축한

욕을 뱉지.
늘상 하던 대로
우리의 손모가지만 빼고
저어기 하늘 어디쯤에 있는 것으로 여겨지는 정부와
우리가 뽑은 정치인과
그놈이 그놈처럼 떼를 지어 떠가는 각료들에게

그러고 나서 우리 양심이 있다면
눈 감는 거 아니다.
고개 돌리는 거 아니다.

봄비

온다

후드득

후드드득

터진 장구처럼
깨진 꽹과리처럼

이번만 부르고 나면
영영 죽을 것처럼

장사익처럼 서럽게
눈물 쏙 빠지게

쌍화차

아스팔트만큼 진한 밤을
잔에 가득 떠 담고
대추와 땅콩과 잣이 별처럼 유영하는
쌉싸름한 수면 위에
오늘 아침 양계장에서 창조된 싱싱한 달 하나를
퐁당, 떨구어주면
짧은 시이 파문의 결을 따라
초승달이었다가
상현달이었다가
보름달이 되니
이태백이라도 술 깨지 않고는 배길 수 없을
스물다섯 살, 실은 서른두 살 김 양 솜씨가 기막히다.
그녀의 팔자를 빼닮아
진하다 못해 별난 향을
맡지도 않고 비운 당신 잔 속에
벌써 그믐밤이 왔다.

열대야

더위가 아깝다.

데는 한이 있더라도

꾹꾹 눌러

눈꺼풀 밑에 묻어두어야겠다.

자취생 시절에

새파란 겨울날에

밥이 얼어버린 새벽에

눈시울만은 식지 않았었음을

생각하면서.

항구에서

이대로는 안 되겠다고 생각했다
아이 엄마는 눈 밑에 제방을 쌓아야겠다고 생각했다
그러면 이제 눈물이 넘치지 않으리라고 생각했다
그럴 리 없다는 걸 알면서도
선착장을 만들면 어떨까를 생각했다
눈언저리에 작은 등대까지 세워둔다면
혹여 돌아올 아이가 헤매는 불상사는 없으리라고 생각했다
생각했다.
아주 잠시 아이를 생각했을 뿐인데
얼마나 지났다고 또다시 충혈된 흰자위 상공으로
월식처럼 캄캄한 눈동자가 떠올랐다
별들이 빠르게 껌뻑거렸다
하늘이 붉어지는 것이 하루 이틀 일은 아니지만
이런 식의 세계라면 차라리 눈 감는 게 낫겠다고 생각했다
그새 눈동자의 인력을 이기지 못하고 차오르는 바다. 사리다.
울컥, 하고 짠물이 뺨 위로 넘쳤다
백여 일 동안 생겨난 몇 개의 물골마다 기억은 따끔거렸고
그렇게 뭍의 능선을 흔들어놓은 후에야 바다의 수위는 낮아졌다
아이 아빠가 티슈를 간단히 뽑아 올렸다
생각했다. 달을 띄우는 힘이라면 저깟 배쯤은 아무것도 아닌데.

사구

바람에 날리는 짐승의 갈기를 보았다
여행을 온 연인이 들풀 사이를
일렬종대로 걸었다
눈이 작은 여자는 아무것도 몰랐고
남자는 거꾸로 수를 셌다
자꾸만 모래 속으로 빠지는 여자의 좁은 뒤꿈치를 내려다보면서
왼쪽은 짝수, 오른쪽은 홀수로 해야겠다고 생각했다
수는 어렵지 않게 줄어들었고
이대로라면 남자의 이별선언은
방파제께에서 있을 것이었다
바람 거센 언덕 너머로 수평선이 보였을 때
여자의 무방비한 눈꺼풀은
날아와 박히는 바늘을 막아내지 못했다
정말이지, 풀들이 비열하게 누운 날
손쉽게 해결되는 날

첫 키스

배운 적 없이도 눈이 감겼다
오차 없이 기우는 고개의 각도
물 샐 틈 없이 포개지는 입술
정답!

우리는 녹아서
스미기 좋은 액체가 됐고
아예 쏟아져 들어가
모든 방에 범람하였다
우릴 멈출 수 있는 건 오직 제한 없는 시간뿐
메말랐던 것은 모두 젖었고
그것은 헤어지고서야 안 일

아직 입술을 떼지 않은 지금은
말랑거리고 따뜻하고 촉촉하고
말하자면 살맛이 나고
그래서 산다는 건 좋은 것이고
너와 나 사이의 경계는
될 대로 되었다

낙엽과 아버지

단풍나무 아래에
예비군처럼 누운 낙엽들이
찬바람 불 때마다
왕년을 읊조리는 소리

말도 마
쉽지 않았지

성탄 전야에
막일을 마친 아버지가
언 손을 비비며 들어오실 때에도
꼭 같은 소리가 났었어

말도 마
쉽지 않았지

부탁

성급히 낙엽을 치우는 건
참으로 멋없는 일이다
당분간 쌓이는 대로 놓아둔다면
점심을 마치고 거리로 나선 월급쟁이들의
커피 맛을 돋우거나
아직 공표되지 않은 사내커플이
멀찌감치 떨어져 걸으며
서로의 낙엽 밟는 소릴 주워 담는 재미로
잘만 된다면야
더없이 쏠쏠한 추억이 될 터인데

시간을 죽일 만큼 배짱 두둑한 나도
어디,
마른 낙엽이 바람에 낮은 파고로 밀리는 소릴 들어볼까?
돌담 밑에서 노인이 빼 문 돗대가
사스스… 타들어 가는 소리만큼이나
쓸쓸한 여운이 남는,
그래서 사별 이후 처음으로
여자를 만나야겠다고 생각 들게 한.

싹이 났네 고구마에

착각
혹은 조급함
혹은 철없음
혹은 봄이라 주장하며 내민
새파란 거짓말

살아 있다는 증거
혹은 기지개
혹은 은총을 수신하기 위해
길-게 뽑은 안테나

못 먹겠다 너는,
꽃병에 있어라

엄마와 곶감

이불 같은 주름살을
가만히 들추어보니
아득한 저쪽, 생의 모퉁이에서
무너져가는 육신을 형벌처럼 떠받치고 계셨다
죽는 게 무섭다 하셨다

상심상, 맘새 번 논 벌마로
살집 넉넉한 반건시 한 상자를 사 보냅니다
저의 살도 조금 보태었으니
전화하지 마셔요
살로 가셔요

축복

눈이 내리고 있었고
남자는 지각을 했지만
한 시간을 기다린 여자는
그런 것쯤 상관없었다
지체 없이 팔을 엮는 그녀의 뺨은
기뻐서 붉었다

이제부터는 당신들이 잘되기만을 빈다
서로가 아까워서 빗맞히는 눈싸움과
다소 고전풍의 추격전이
무사히 끝나기를 바란다

저물어가는 이들은 부럽기만 하나니
생강 같은 그대들은 눈치 볼 것 없다
살아갈 날들의 혹시 모를 불운은
새치 돋은 내 머리에
어울리게 쌓여라

사북역

대합실의 여자는 그럼이 아니다
오래 살고 싶었지만 거짓말을 했다

진실로 일만 피트 상공에서 날개 부러진 새만이
죽고 싶으며
살고 싶으며
죽을 것이며
죽는다

여자야
내일모레 벚꽃이 핀다드라
가서 개똥밭을 구르자

도토리

우유부단한 너는
키나 재면서
여름 내내 눈알만 굴리다가
매운 바람 된 비 맞고
쏙 빠져버렸지
또르르, 굴러가다
할매 발에 차였지
바보
너는 묵사발이 될 거다
남 좋은 일 한 거다